心を燃やす時と眺める時

物理学研究者の、執念と恬淡の
日々を記したエッセイ

曽我文宣
● SOGA Fuminori ●

丸善プラネット

まえがき

「市民社会は欲望の体系である」とはヘーゲルの言った言葉だそうであるが、自らを顧みても「人間は欲望の体系である」と思う。欲望のない人間はいないし、欲望こそが生きる力でもある。これは一種の執念ともいってよい。だからこれが弱くなり、もうどうでもいい、となれば、そろそろ生命力がおぼつかなくなってきたという証左ともなろう。

人間は年を取るに従って、人生の目ざすところが変わって来る。『論語』に、最初は学につとめ、次に学を好み、最後は学を楽しむという境地の進み方を述べた言葉がある。彼の言う学というのは、古えの優れた人の行為を学び、人の道を究めるといった、倫理学的な色彩の強い勉学のことを言ったように思うから、今我々が考える学問という内容とは随分異なっている。日本では明治維新の前、江戸時代までは、学問と言えば、儒学、陽明学、国学などといった、自然科学などとはほとんど無縁のものが主流であった。人間は修養に励まなければならないとする東洋の伝統的考えである。人格を磨くこと、それこそが人の生きる道である、という。ところが、そういうことばかり教育されていた江戸時代の日本人は、黒船来襲に始まる、西洋科学、技術に対して、たいへんオタオタしたのである。だから客観的な知識を常日頃から習得してないと、世界に対して遅れをとり、安定した生活、気持ちにはなれない。

自らを顧みると、私の場合は、若い時は自分の好奇心の赴くままに原子核物理学に向かい、次にがん治療の勉強に精進したが、専門家としては、それが学につとめ、学を好みということに相当するのだろう。しかし、それを楽しむという所までにはとてもいかなかった。かなり長い間の努力で一つの論文が書き上がった時の達成感で満足するということは確かにあって、それが楽しむということだったのかなあと後では思うのだが、普段は解らないことを解りたいと努力し苦しいことの時間の方がはるかに長かった。現在は、社会での公的立場から離れて、漸くのんびりと諸学を跋渉する楽しみに耽っているというところであろうか。何であっても、新しい知識を知ることは、私にとって無上の楽しみである。

数学者の岡潔氏の『春宵十話』の中に「私は経済的な条件はちっとも苦にならないが、これは全く、学問をするのに非常に役だっている。学者が本当に欲しいのは経済的な優遇ではなくて心の自由である」という文章がある。経済的条件といっても、どの程度のことを言っているかによる。ただ、研究者が必要なのは心の自由である、というのは真実であろう。人によって職業によって目指すところは千差万別である。何を豊かと思うかは皆それぞれ違っているのだ。

私は自らを顧みて、ここまで生きて来た所以は、その時々で気持ちが勝手に動くのだが、やはり欲望に突き動かされてきたのではないかと思うのである。個人のさかしらな欲望からはできるだけ離れるべきだと古人はいろいろの教説を発明してきた。神に仕える気持ちで自らを捨てろ、とか、世間的名誉などというものは、はかないものであるとか、自らを知ることに徹せよとか、いろいろゴタゴタとそれこそ哲学、倫理学などというものは、その体系とも言える物だ。これは人間の置かれた状況によっては、人々の救いとなってきた教えであるから、それはそれで立派な存在価値が歴史的にもあったとは思う。非常に社会的にも悲惨な環境におかれた民族にとって宗教は多大の救済になっているのは事実であろう。

しかし、私は現在、人間は基本的に、好き勝手なことをしたいというのが、本来の姿であろうと思っている。そして社会というものは、そのような各人の欲望を調節しながら、運営されている有機体なのである。皆が勝手にしたいままでは必ず衝突が起こる。国際紛争などはその大きなところであり、日常生活でも、我慢したいところは我慢しなければ、お互い不幸を増長させるから、忍耐も必要である。

ある種の恬淡さというものも必要なのだ。欲望は考え出したら切りがないからである。それに振り回されない気持ち、これを古人は「足るを知る」と称した。

しかし一方では、欲望の薄い、自己主張の弱い人間はまったく魅力的ではない。なにか意欲的に動いている人間ほど、見ていても話してみても面白いし、付き合いたくなってくる。

だから、なにかしらの対象にともかく打ち込んでいる人は、素晴らしく感じる。そういうものを見つけている人ほど、生き生きと人生を過ごしている風に見える。これはいくつになっても同様でないかと思う。それと共に、時間を有効に使うためには、年相応に淡々と生きる必要もある。

よくテレビのニュースやその批評解説を見たりする時に「こんなどうでもよい事、いままで何度も繰り返され、時代が経てば忘れ去られるようなことにむきになっている人もいるんだ」と思うことが多くなってきた。こちらはそんなことにつきあうほどもはや時間がない。

佐藤一斎の『言志四録』の中に、「養老の法二五則」というのがあり、その第十二は「心身は一なり。心を養うは淡泊にあり。身を養うは寡欲にあり。身を養うもまたしかり。」というのがある。だから、人生においては執念と恬淡のバランスが重要だと思うのである。

目　次

《付記》本書においては、原文引用にあたり、原則として次の要領に従っています。

(1) 著者による注記は、【 】で示した。

(2) ふりがなは、( ) 内に記した。

(3) 中略部分については、三点リーダ(……)で示した。

第一章　科学とその周辺

異常な気象なのか

私が大学で一年間だけ所属していた男声合唱団「コールアカデミー」で卒業まぢかの先輩たちが、どこに就職するかを一人づつ自己紹介する時があった。その時、理学部地球物理学科を卒業する人が、「気象台に行きます」という話をしたら、やはり同学年の工学部から電気会社に行く人が「のんびりしたところでいいなあ。明日は晴れとか、雨とか言っていれば一生飯が食えるし、それが間違っていても責任は問われないし、うらやましい」と冗談を言って共に笑っていたのを思い出す。確かに天気予報というのは間違っていてもテレビで予報士が「昨日の私は間違っていてすみませんでした」といって謝った話は聞いた事がない。予報士は、気象庁の発表をそのまま解りやすく表現する役割であるから、その予報に関する内容は彼らの責任ではまったくない。常に現在と将来の話しかしないし、過去の見返しは全く意味がないから、本来変わりやすい天気に文句を言うのも馬鹿げていることは事実である。

私が小学校の頃はラジオしかなくて、毎日「気象台発表の午前九時の全国の天気を発表します。稚内、晴れ、気温六度、湿度二〇パーセント、風力三、気圧は一〇一三ミリバール、旭川、曇り……、云々」とアナウンサーが話し、同じように網走、根室、釧路、札幌、函館などの北海道から九州まで、三〇分くらい続いたのではないかと思う。これで私は地名を随分覚えた。浦河とか、石巻、小名浜とか、こんな時にしか出てこない地名もどこにあるのかなと社会科地図帳で調べたりした思い出がある。御前崎とか潮岬、足摺岬とかいう岬の名前以外は、北の地方しか頭に残っていないのは、最初の方だけ聞いて後はいいかげんにしか聞いてなかったに違いない。

最近のテレビの気象予報は、気象衛星の発達による上空からの観測で、雨、雲などの状況が、また巧みなグラフィックデザインで手にとるように描かれる。日本の「ひまわり」は一九七七年に第一号打ち上げで現在八号、高度約三六〇〇〇キロの静止衛星で東経一四〇度にある。その為、三時間毎の変化とか、明日の予報などが、かなり正確に予報されるようになった。また週間天気の予想など昔はおよそ不可能であっただろうが、かなり良く当たるのはありがたい。それでも雨が降ります、と言った予報が外れることもあり、予報にない雨が降ることもある。これらは愛敬で済む程度の話であるが、どうも最近は異常な気象が多い気がする。二〇一四年には我が家の庭でも朝顔が一二月になってもまだ咲いていたり、近くの家では二階まで延びていた見事なブーゲンビリアが同じころまで花を残して咲いていたのをびっくりして眺めた。

古来、台風とか、野分けとかいうのは二百十日の頃と言われ、それは立春から数えるから九月の最初の頃に当たり、私の子供の頃の経験でも九月頃が台風の襲来する季節と思っていた。例えば、一九四七年の「キャサリン台風」は一九四七年九月一五日ごろ日本を襲い、関東地方や東北地方に大きな災害をもたらしたという。調べて見ると、この台風は雨台風で、死者は一〇七七名、行方不明者は八五三名、その他、罹災者は四〇万人を超え、戦後間もない関東地方を中心に甚大な被害をもたらした。また、一九五〇年の「ジェーン台風」は、九月三日一〇時に、徳島県に上陸した。その後、台風は淡路島付近を通過し、一二時頃神戸市に再上陸した。その後、若狭湾へ抜け、日本海へ進み、九月四日四時頃、北海道渡島半島に再上陸したという。台風は北海道を縦断し、オホーツク海へ抜けた。台風による影響は、降水による影響よりも、強風による影響の方が大きかった。死者三九八名、行方不明者 一四一名、住宅全壊約一万九千棟強とある。両者とも日本は戦後のまだ復興最中で社会体制も貧弱であったのが、このような甚大な被害となったに違いない。この頃は、どうして台風の名前が女性なんだろうなどと、怪訝な気分でいたのを思い出す。大人たちが「女の方が本当は怖いからだよ」と笑っていた。

しかし、最近の台風は、二〇一四年に七月末から八月にはやくも台風一二号、八月一九日、台風一一号で広島で大規模な土砂災害、一〇月に台風一八（六日）、一九（一四日）号が関東にやってきた。二〇一五年には五月に台風が来た。またこの季節に三〇度を超える地点が三〇ヶ所以上に達した。七月半ばには一一号が関西に上陸し、熊野川が氾濫した。

台風だけではない。最近は日本でも夜中に雷がゴロゴロ鳴る。私はアメリカのインディアナ州に約三五年前にいた時、同じようなことを初めて経験し、巨大大陸の中央では、随分様子が違うなあと思った思い出がある。

当時、夏にカンサス州のハイウェイを自動車で走っていた時に竜巻を遠方に見た。周りの自動車もやがて路側に停車して、皆自動車から降りて、手をかざしながら遠くの竜巻を眺めていた。アメリカ大陸の中央ではそのような竜巻が毎年起こり、大きな被害をもたらしている。ところが最近は小規模ながら日本でも竜巻が起こるようになった。正確にはガストネード（突風性の旋風）と言うらしく、竜巻とも違って、竜巻が上空の大気が原因であるのに、ガストネードは地表付近で寒気と暖気のぶつかりによって起こるという。画像を見ても上空とは繋がっていない。二〇〇八年七月に敦賀では死者も出たそうで、二〇一四年六月に旭川、二〇一五年二月に厚木で起こったのは、東京に近いだけによく覚えている。また、日本で最近よく局地的な大雨が降ることが多くなり、それらはゲリラ豪雨と言われている。

暑さもまた異常だ。二〇一三年に四万十川沿いの江川崎という土地で四一・〇度を記録し、それまでの熊谷、多治見の四〇・九度（二〇〇七年）を上回る史上最高温度を記録した。この年、大阪は三五度以上の猛暑日が一七日間続いたという。また、二〇一五年の東京の猛暑も、凄まじかった。七月三一日から八月七日まで、連日三五度以上の猛暑日で、これは観測が始まって以来の新記録だと言っていた。またこの年は、日本で観測史上温度を更新した地点が六〇ヶ所以上あり、日本各地で、昔はそういう言葉もなかったように思う「熱中症」で、病院に搬送される人が数千人、死亡する人が百数十人というように大量に発生するようになった。コンクリート建物が林立し、舗装された道路が隅々まで張り巡らされている大都会の、いわゆるヒートアイランド現象など、いろいろな原因があるようだが、それはともかくとして地球温暖化というのは確かに事実のようだ。

一方、二〇一五年二月の北海道羅臼町における大雪は、史上最大で記録的な二メートル近く（一七九センチ）でこれも地球温暖化によるという説明がなされていた。これは海水の温度があがり、水蒸気の蒸散で上空に多量の雲が発生して大雪に至ったのだという。また、北海道全体では、降雪は例年の八割と言われ、冬の平均気温は平年より一・三度高く、記録を取り始めた一九四六年以来五番目の高さであるとの報道もなされた。

子供の頃、新潟県十日町では、数メートルの大雪で隣りの家同士は二階から二階へと移動するという記述や雁木の存在を知ったが　この二〇一五年二月には、二日間で一挙に三メートルの積雪となり、二月一五日、三メートル二六センチを記録したという。いまでも多いということでその風景自体は変わってはいないようだ。

このように事象が起こった時、それをなべて温暖化とするという解説が多いが、温暖化は確かな事実のようだが、それ以外に何かないのか。本当にそうなのか。

外国ではどうだろうか。二〇一四年二月ロンドンで大雨洪水、テームズ川が氾濫した。同年五月、アメリカのニューヨークその他東海岸で大雨洪水、各地で道路決壊、二〇一四年一二月にフィリピンで台風二二号発生、そこでは風が秒速七〇メートルというので吃驚したが、実は二〇一三年も八月豪雨に次いで一一月にも巨大台風があったようなので、これは今や普通のことかもしれない。

一方、二〇一四年一一月、アメリカでは大寒波がおしよせ、亜熱帯および熱帯に属し、避寒地リゾートであるフロリダ州が氷点下になったという。またオーストラリアでは、夏に当たる一月に、二五〇件以上の山火事が起こっているそうである。これはいつものことらしいが、最高気温摂氏四五度というようなことで、毎年甚大な被害が起こっているという。

二〇一五年八月、マッターホルンでは標高二八〇〇メートルの氷河付近で、一九七〇年に遭難した日本人登山客二人の遺体が実に四五年ぶりで見つかった。ＤＮＡ鑑定で確認されたという。これも温暖化で万年雪が溶けた結果のようだった。

これらの気候は近年になって起こりだしたのか、それとも以前にも同じような頻度で起こっていて報道が今ほどグローバル化してなかったので知らなかっただけなのか良く解らないが、ともかく世界の気象現象には随分多様性があり、近年一見異常と思われることが頻発しているように感じられる。

二〇一四年冬にＮＨＫテレビで「世界を襲う異常気象」の特集をやっていた。私はこの問題には関心が深いのでメモをしながら聞いた。特にＩＰＣＣ（Intergovernmental Panel on Climate Change 気象変動における政府間協議　注一）の二〇一四年の七年ぶりの第五次報告書では、地球の温度がここ数十年ぐんぐん上がっていて、今、その温暖化でグリーンランドや南極の氷はどんどん融けている。このままいけば二一〇〇年には四度くらい上がりそうだという。そうなると、海面上昇は八〇センチメートル余になり、南太平洋では水没する島が出てきて、ニューヨークや東京、ロンドンなどは相当の部分が水浸しとなり、大変な変化が予想されると言う。バングラデシュでは現在でも既に海岸が張り出して陸地が大幅に削られていて、かつての住宅地は海に飲み込まれているという映像がでていた。

地球表面の温度が一度上がると、水蒸気が七パーセント増え、それによって世界各地で大洪水とか大型台風が起こるということだ。二一〇〇年になんとか温度上昇を一・五度くらいに抑えることを真剣に考えないといけないと言っていた。その温度上昇の原因は九五パーセントが人間の活動によるもので、特に二酸化炭素（炭酸ガス）の排出によるという発表がなされたと言っていた。

二〇一四年において、世界での二酸化炭素の排出量は、中国が二六・九パーセント、アメリカが一六・六パーセントで一位、二位を占めている。これを今後、抑制することが地球温暖化を防ぐもっとも重要な問題で、地球環境を守るための、さまざまな取り組みに関していろいろな試みが行われていることも示されていた。

アメリカでは二〇〇五年にニューオーリンズ近傍で大被害となり死者一八〇〇余名を出したハリケーン「カトリーナ」が有名だが、それ以来人々に対する種々の避難対策が講じられ、ニューヨークにおける緊急対策のタイムラインが、二〇一二年の大型ハリケーン「サンディ」の襲来では死者一三二名など最小限の被害に留められたとか、ロンドンの防潮堤であるテームズ川バリアーの話とか、実際の災害を防ぐ対策については、欧米はさすが凄いなあと思わせる話もあり、日本も大変参考になるとも思った。（もっとも、東日本大震災では、地震発生後一時間で沿岸に大津波が押し寄せたので、全く異次元の事象ではあった。）

一九九七年の第三回のＣＯＰ（Conference of the Parties　ここでは特に気候変動枠組条約締約国会議）での京都議定書の採択以来、温室ガス削減に関する多くの議論がなされてきた。

ところが私はこれらの全体を聞いていて、「現在でも地球温暖化は二酸化炭素の排出が原因である」という主張が主流なのかと自分のそれまでの理解と異なるものを感じ非常に違和感を持った。私の親しいこの方面の研究者である伊藤公紀氏（東京大学工学系大学院で物理化学専攻、横浜国立大学大学院教授）からは、従来から随分異なる話を聞いていて、彼の著書も二冊ほど読んでいたからである。

一つは『地球温暖化　埋まってきたジグソーパズル』（日本評論社、二〇〇三年）であり、もう一つは『地球温暖化論のウソとワナ　史上最悪の科学スキャンダル』（渡辺正氏との共著、ＫＫベストセラーズ、二〇〇八年）であった。（以下、書一、書二と記すことにする）書二の題名は随分刺激的であるが、これは共著でもあり出版社の意向とも思われ、私の知る限りの伊藤氏は物理化学の非常に地道かつ沈着な研究者であって、もともとは気象学の研究者ではなかったようだが、ここ十数年は地球環境問題に興味を抱いて研究を進め、現在はＩＰＣＣの検討に査読委員として加わる立場ともなり、この方面の専門家となっている。私は個人的にも親しく何回か彼と話もし、彼のこれらの本を読んだ印象では、長年同じような研究生活を送った者として、彼の言うことは常に多面的で冷静、信頼に足ると思ってきた。

もう一五年以上経つだろうか。この間、地球温暖化というのが常に問題になってきた。きっかけは一九九二年～二〇〇〇年までアメリカ民主党の副大統領であり二〇〇七年にこの件でノーベル平和賞を受賞したアル・ゴアの主張であった。先のＮＨＫの放送でも彼は頻繁に登場したが、彼の二酸化炭素排出が温暖化の元凶であるという指摘が、その後の世界のこの分野の主流となっているのは事実である。

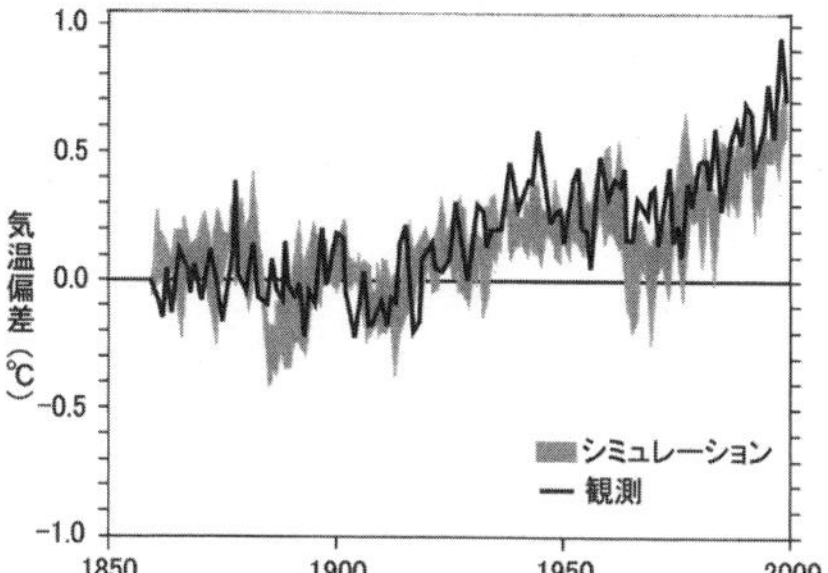

図 1-1　気温偏差（平均との差）の経年変化、最近約150年。観測とシミュレーション結果の比較

伊藤公紀氏

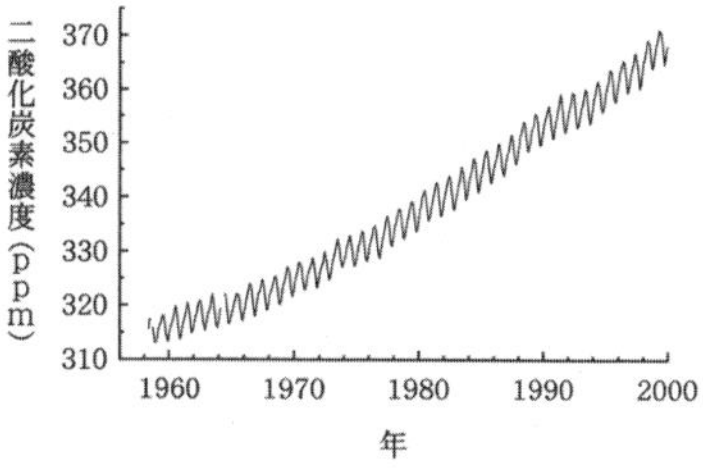

図 2-2　ハワイのマウナロア山におけるキーリングの二酸化炭素濃度測定データ

ところが伊藤氏のような環境問題の科学者の主張は、それを全面否定しているわけではないが、そのように一本調子ではない。書二の第一章の冒頭に、二〇〇一年の第三次ＩＰＣＣ報告書で取り上げられ

た代表的な図であるとして、この流れの一連の動機となった図（前ページ右上図）が示されている。ここ一四〇年間の気温の偏差、すなわち平均気温との差の観測値と、これに対する気候のシミュレーション結果であり、これを見ると、素人ならば、誰でも両者はよく一致しているなあと思わせる。そして、一九六〇年頃からの気温の上昇曲線が、人為的に排出される二酸化炭素によるものだという主張につながったということである。

というのは、この時期、二酸化炭素は前ページ下図のようにどんどん単調に増大しているからである。二酸化炭素は非常に測定しやすく、大気の対流のおかげで平均化もされてまぎれがないという。この値は二〇一四年で四〇〇ＰＰＭに達していると先のＮＨＫテレビでは言っていた。先の図でのシミュレーション計算は、自然変動と人為影響を合わせ考えた場合と書いてある。

ところが、先の図での測定には種々の問題があり、気候シミュレーションにも大いに問題山積というのが伊藤氏の主張である。第一にまずデータとしての気象学における温度の測定というものの実態から話が進められている。現在の変動が、今までに歴史的に変動していた気温とどこが異なるのか、じっくり考えなければならない。そもそも今から五〇〇〇年あるいは一〇〇〇〇年前の気温の推定はどのようにして行われたか。

私も長期の温度変化を探るものとして南極大陸やグリーンランドのアイスコアの研究の実態を書いた事がある（『自然科学の鑑賞』（丸善プラネット、二〇〇五年）内　「四　雪氷学、南極とグリーンランドでの氷の研究」）。これは化学平衡論に基づくもので、主には氷の深さ方向の酸素一八の酸素一六に対する比率を測定する酸素同位体比と言われる方法で、南極では測定される氷の深さが三〇〇〇メートル近くに達し、一四万年前から現在までの温度変化が測定されている。また、宇宙線の核反応でできるベリリウム一〇の測定なども行われている。しかし、私の知っていたデータは時間の刻みに関してそれほど細かい測定とはなっていなかった。

この約一〇〇〇年前から現在までの温度変化は、どんな方法に基づいているか。それには幾つかの研究があり、樹木の年輪、珊瑚の同位体分析、それにアイスコアなどいろいろあるし、昔の諏訪湖の御神渡り日の記録はなんと西暦一四五〇年頃から記録されていて冬の寒さの程度が解るそうだ。またフィンランドにおける湖沼の掘削試料の採取からX線の吸収強度の測定にもとづいて過去一八〇〇年の温度の変化についての議論も行われた。これらによって、一〇世紀や一一世紀の北半球では今と匹敵するくらいに暖かった時期があるとか、一七世紀には小氷期と呼ばれる寒い期間があったということが明らかになっているという。

また現在の温度測定は、私には子供の頃から聞いたなじみの百葉箱の中の温度計が頭に浮かぶが、世界的には温度測定が甚だ不正確で信頼に足るものではない、ということが書いてある。現在データベースに登録されているのは世界で六〇〇〇地点あるそうでほとんど自動測定になっているが、だいたい、近来は測定器の周囲環境が都市化によってどんどん変わっているのが問題であり、建物のすぐ傍らでは正確な温度は測れない。アメリカでは約一二〇〇地点あるが、五〇〇ヶ所の調査では満足のいく温度誤差一度以下の測定は僅か一三パーセントだったという。近年いろいろな社会状況の中で測定点がどんどん減少しているのも問題らしい。

書一では、太陽を始めとする自然変動が気候にいかに影響を及ぼすかが縷々（るる）説明されている。

そしてそれらは太陽の黒点の増減とか北極振動（AO、注二）とか太平洋十年規模振動（PDO、注三）というような周期的なものもあるが、そうとも言えない事実もあり、これらの自然変動がいかに温度変化に組み入れられるかはまだまだ発展段階だとのことだ。ススやエアロゾルの影響と言うのは、太陽光の反射とか吸収などの問題で、非常に複雑である。

まあ、この諸々の分析についての詳しいことは伊藤氏の本を見ていただくのが一番であるが、この書一には六〇余のグラフを中心とするデータが示されているし、書二には同様に七〇近くの様々なる図が示されていて、実に多方面にわたる伊藤氏の考察が記述されている。

一方、気候シミュレーションというのは如何なるものか。書一には大気海洋結合大循環モデルというものが説明されているが、地表および海表の空間を水平方向に間隔二五〇キロメートル毎に分け、高さ方向は一〇から三〇に分けて、時間間隔は三〇分毎にして、それにさまざまの要素を入れて気候の変化、特に温度変化を計算機に計算させるといったものとの事だ。もっともこれではメッシュがまだまだ粗すぎるということである。それとこの要素が何かと言うことで、これが自然変動と人工変動、太陽の照射や磁気変動、二酸化炭素のような温室効果ガス、水蒸気、雲やスス、その他で、問題はどのくらいのパラメーターを含んでいるかで、これによって皮肉に言えば、パラメーターの数が多ければいかなる曲線でも合わせることができるといったことはいわゆるシミュレーション計算でよくあることなのだが、気候の計算でも似たような面があるようだ。

それで、二冊目から既に七年経っているので、伊藤氏に、その後の状況や、二冊の本以外に、書いたものがあるか、現在の意見はどうか、と聞いたところ、彼のいくつかの雑誌にのせた解説文、最近のものも含めて七編を送って戴いた。

これらの中には、今の二酸化炭素説の端緒となったホッケースティック曲線（注四）のデータの誤りを詳細に指摘した文もあるのだが、それは既に解決した問題のようなので、ここではそのうちの中で、彼の最近の考えがよく表れていると思う二つの文章を簡単に紹介したい。

『建築ジャーナル　二〇一二年九月号』に「それでも地球温暖化対策を信じますか」という短文がインタビューの体裁で載っている。彼は現在の気温測定は甚だ誤差が大きく、最近の気象学の成果を考慮すると、二〇世紀の気温上昇の大部分は二酸化炭素以外の人為的影響や自然現象によるものであることは明らかで、ただ気候の自然変動についてはまだまだ発展途上の段階です、と述べている。

最近の気候の異常現象の多発も、実は歴史的に調べると多発ではない。ゴア氏の主張は、イギリスでは誤りがあるとして、彼の著書『不都合な真実』（邦訳は枝博淳子訳、二〇〇七年、ランダムハウス講談社）らを教科書に使う際は注意するようにと裁判で宣告されてもいるというのに、日本では著名人の推薦文とともに、マスメディアの情報が一面的であるために国民の九割が二酸化炭素による地球温暖化を信じていると指摘している。ただ、地球温暖化とは切り離して、工場からの有害ガスの排出自体における日本の削減の技術は優秀であるので、その技術を中国や後進国に輸出して彼らを助けることが必要だとも述べている。

もう一つは最新のものであり『現代化学　二〇一五年一月号』に載ったもので、「見えてきた気候変動要因の本当の姿―太陽風の気候影響を例として」である。

実は伊藤氏は書一において、自然変動の温度変化に対する種々の考察を重ねているのだが、特に太陽活動の影響については一章を当てて、詳細に述べている。しかし、太陽の光度変化は過去にも非常に小さく〇・一パーセント程度であることが判明していて、単純な太陽活動では気候変動は説明できない。この解説文では、最初に北極海の海氷面積が、二〇〇七年と二〇一二年に減り、これは温暖化の影響であると新聞などでも大いに論じられたのだが、その後二〇一三年以後海氷面積は増えつつあることが述べられている。二〇〇七年には上空で観測された雲が異常に少なくなったため、地表による太陽光吸収が増えて氷が減った。雲とかススの影響というのは局地的でもあり、気候学にとっては評価が難しいようだ。

この解説文では特に太陽風に焦点をあててその影響を述べている。太陽風というのは荷電粒子のプラズマ高速流で、これが地球上の大規模気候モードにどこで如何に影響するかを、種々の世界での相関地図で調べた。これはＮＡＳＡで毎月の地表気温の各地のグリッドデータが発表されているので、それと太陽風強度指標であるａａ指数（注五）との地理的相関図を実に三〇〇〜四〇〇枚作り（論文には、その図の幾つかの例も載っている）、相互に比較したという。この結果、これで北極振動と太平洋十年規模振動が太陽風で励起されたことが解ったと書いている。こんな文章を読むと、自然現象の解明のための研究というのが、いかに地道で大変な作業を伴うものかが今更ながらに思われて、彼らの努力に敬意を表したくなる。このように、伊藤氏は徐々にではあるが研究を進め、地球惑星科学連合で「宇宙天気・宇宙気候学」のセッションを立ち上げたとのことだ。

また、現状としての包括的な解説は、これも送付戴いたのだが、次の論文に、詳しく書いてある。

「地球温暖化問題へのセカンドオピニオン　横浜国立大学・大学院工学研究院　伊藤公紀、小川隆雄」

（『日本科学技術社会論学会学会誌』二〇一一年一〇月号）。セカンドオピニオンというのは医学での用語だが、ここでのファーストオピニオンはいうまでもなく、二酸化炭素が主因であるという、一般的に喧伝されている主張である。伊藤氏は、ＩＰＣＣの第五報告書の査読委員になった経験から、この報告書では、人為的な気候影響が従来にも増して強調されているが、自然変動が軽視される傾向があると指摘している。この論文の中で私がそうなのかと思った一つは、ヒマラヤで氷河が後退しているのが温暖化の証左の一つだという話があるのだが、これは降水量の低下であると書かれ、ヒマラヤ以外でも多くの氷河は後退していてこれは一八〇〇年代から続いているそうである。原因は各々の氷河で異なり、キリマンジャロとかアルプスでは湿度の低下らしいとも書かれている。

これは本格的な専門的解説で本文一四ページに及び、八〇編以上の参考文献を参照したもので、ここで簡単に述べるようなものではないのだが、興味のある人は是非読むべき文章だと思う。

その意味で、今も伊藤氏の地球温暖化に対する基本的立場は変わっていないと言うべきであろう。

伊藤氏と同じような主張、即ち地球温暖化は自然変動に過ぎない、ということを言っている学者に、アラスカ大学で長年、地球物理学を研究して、そこの地球物理研究所長を十数年務めて居た赤祖父俊一氏（注六）が居る。彼の著書『正しく知る地球温暖化　誤った地球温暖化論に惑わされないために』（誠文堂新光社、二〇〇八年）には、彼の主張が述べられている。

それによると、二〇世紀の気温上昇は一六世紀半ばから一八世紀の小氷期（期間の取り方は人による）からの回復に過ぎない。長い変化をグラフにすると、一八〇〇年以降、その間に小規模の上昇の山、下降の谷が繰り返されているが、気温の上昇はほぼ直線的であり、炭酸ガスの増加が顕著になった一九四〇年以降に始まったものではない、ということである。左図はこのような氏の解釈を示したものである。

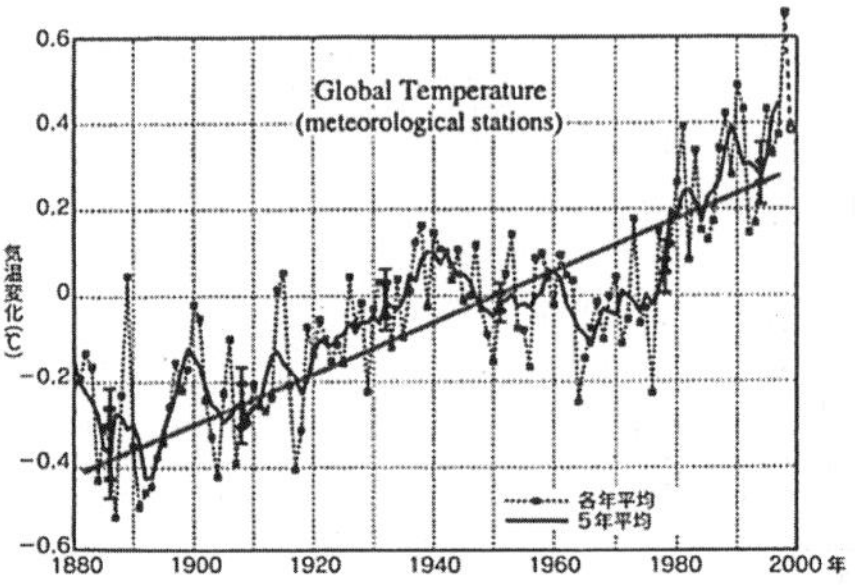

赤祖父氏は、北極圏の研究をしてきていて、この本には、他書にはない興味ある事実がいろいろ出てきて面白い。彼は、自ら、長年研究所長で、気候学の個別の研究を通り越して全体的な物の様相を見ることができたのがよかった、という。少なくとも北極圏は人口的な都市化の影響からは全く免れている。例えば、近年氷河の後退というが、アラスカやグリーンランドでの後退は一八五〇年代には始まっている。また、海水面の上昇というが、それも一八五〇年頃より始まっているという。過去一〇〇年間の上昇率は一・七センチメートル／一〇年であって、一九六〇年頃から上昇率は減少していると、極めて冷静である。これらはＩＰＣＣ等のモデル偏重を批判し、観測現場の情報を重視する立場からのもので、伊藤氏もその貢献を高く評価すべきであると私に伝えてきた。赤祖父氏は、アメリカの議会でもその旨の証言をしている。日本の動きが、ＩＰＣＣの動きにつられた一部の人たちの運動で、政治的な対応にまでなっていて経済にも影響しつつあるのに危機を感じて（注七）、この本を書いたと述べている。地球温暖化は事実だが、それを炭酸ガスの影響だとするのは、まだ早計だというのである。特にマスコミはセンセーショナルな記事を求め、大災害、大異変を好んで一方的に報道するきらいがあり、それを正そうとするコメントは無視されて、それが国民の意識を支配するので注意すべきだ、と学者らしく述べ

ている。

一方、気象庁では、二〇一五年三月に、気候問題懇談会検討部会（政府関連機関の法人や大学の研究者六人よりなる）の協力を得て、「異常気象レポート二〇一四」を刊行した。このレポートのシリーズは一九七四年から始まっていて第八回とのことである。これはIPCCの第五次報告書では詳細が示されていない、日本における異常気象や気候変動の実態や見通しを解説しているもので、本文二六〇ページ、私は概要篇しか目を通していないが、それでも総計A四版、三四ページにわたる大部のものである。

内容を見ると、第一章は「実態」で、「最近の異常気象と気象災害」、「大気・海洋・雪氷の長期変化傾向」、「異常気象と極限現象の長期変化傾向」、「大気組成等の長期変化傾向」に分かれ、第二章は「将来の見通し」で、「気候変動予測と将来予測シナリオ」、「大気の将来の見通し」、「海洋・雪氷の将来の見通し」となっている。解説は詳細に亘るが、非常に多くの長期的な気候変動のグラフが出ているのが目につく。まずは観測事実を冷静に把握しようということから出発している。

最初に世界各地での異常気象（二〇一三年までに）だが、熱帯性低気圧、前線、モンスーンなどによる大雨・洪水・土砂災害などの被害が多く発生した。熱波や寒波などの被害も多く、干ばつの被害も多かったとしている。その中で最近の異常気象の例として四つをあげ、特に二〇一〇年夏のロシア西部とヨーロッパ東部では高気圧が停滞したため、記録的な熱波が発生し、五万人を超える死者が出た。二〇一一年のインドシナ半島では、雨期を通じて多雨となり、大規模な洪水が発生した。二〇一一年～一二年冬にはユーラシア大陸で偏西風の蛇行で広い範囲で寒波となり八〇〇人近い死者が出た。二〇一二年春から夏にかけアメリカでは偏西風の蛇行により逆に高温・少雨となり、中西部の穀物生産に大きな影響を与えた、と書いてある。これらはいずれも、私は全く知らなかった事実で、はたしてニュースなどで大きく取り上げられたのだろうか、というような気がしたが、わが身の情報に対する知識、それに対する反応のいい加減さを思い知らされた。それでいて現象の発生を網羅的に知ることは難しいし、統計的な見積もりは非常に困難であると書いてある。

日本の最近の気象災害では、集中豪雨がたびたび起こっているのが目を惹く。また酷暑による熱中症患者の増大、冬の異常低温などがあるが、冬、春ともに低温年と高温年が現れ、明瞭な傾向が見られないなどの記述がある。大雑把に言って、世界の年平均気温も日本のそれも上昇していて地球温暖化の傾向は出ているのだが、それでも、その中でアレッというものもあった。たとえば、温暖化予測には降水量の増加が示唆されているが、世界の降雨量は急激な変化がない。日本では年々変動量が大きくなっている。また北極域やオホーツク海の海氷面積は確かに減っているのだが南極域は逆に増えている、とある。台風の発生数、日本への接近数には長期的な変化は見られないとある。こういう報告を見ると、何とはなしに、テレビなどのマスコミで知るものには、まゆつばを付けて考えないといけないな、とも感じる。総じてそこでは刺激的なことばかりが強調されるからである。そして聞く方の我々もそういうことばかりが頭に残るからである。

第二章の将来予測では、いろいろな気候モデルによる、気温の上昇や降雨量の上昇の予測が述べられており、グラフを見ると、二一〇〇年で、最低〇・五度、最高五・四度くらいの幅がある。降水量もゆっくりと上昇しているが、気温ほど明瞭でないと書かれている。海面上昇は、最低でも〇・三、最高一・〇メートルという。一方、高温とか大雨という極端な気象現象は世界でも日本でも将来増加すると予測されているとのことだ。

二〇一五年十二月にNHKテレビで、巨大災害（Mega Disaster）の特集を見た。（九月五日の再放送）。これは正にセンセーショナルなことを追いかけるというマスコミの典型的な題目なのだが、放送された内容は、かなり科学的であったので、書き留めてみたい。ここではMJO振動とエルニーニョの同期によるさまざまの災害の様子が解説された。巨大台風の頻発とか、アメリカの西海岸の乾燥・山火事のこと、東海岸の大寒波、その他が論じられた。MJOというのは、マッデンとジュリアンという気象学者によって一九七〇年代に発表された振動（Oscilation）なのだが、近年、研究が非常に進んでいるとのことである。これは、熱帯赤道域上空で対流活動が活発な領域（大気循環場）が約一～二か月かけて東に進んでいく大気振動のことという。その周期は三〇～六〇日程度で、「振動」のように繰り返し発生し、四〇日くらいで地球を一周する。これと地球温暖化の影響で、二〇一五年には例年以上にペルー沖で発生するエルニーニョ現象（海水温度の上昇）が巨大化し、太平洋の真ん中近くまで達したため、日本では、平均気温は夏は高くなり、冬は低くなったとのことである。その結果、太平洋諸島の水没が正に環境避難民を生みつつあるとのことだ。

二〇一五年八月に地球科学の最大の国際学会が（参加者は九〇ヶ国、約四〇〇〇人）プラハで開かれたが、この会議でひときわ活発であったのが、このMJOの分野だったと言っていた。

また、温暖化によって北極の氷の面積の減少が起こっていて、通常北極の上空で周回している偏西風が曲がりくねって蛇行するとアジア大陸中央の寒気がより発展巨大化し、それが漏れやすくなり、周縁の地域の冬の気温が凄く下がるという。近年、日本でも、夏の平均気温はより高くなり、冬の平均気温はより低くなっているグラフも示されていたが、これらがみな地球の温暖化によるのである、というストーリーだった。二〇一四年のアメリカ東海岸の大雪も、中東での珍しい雪もそうだったという。

また、過去の年輪での測定は、一年ごとに雨量の変動が分かるそうで、それによると弥生時代の雨量が酸素同位体の測定で異常に高い時期があり、登呂遺跡の住居の突然の消滅は大規模な洪水によるのではないか、という研究も紹介された。登呂遺跡は発見当時、厚い土砂にうずもれていたそうで、このような多量の雨量は四〇〇年おきに起きていて、最近では一七〇〇年あたりで、そうなると、この次は二一〇〇年あたりではないかという予測も述べられていた。珊瑚による海水温の変動の測定とか、実に多くの研究者によって、今や気候変動の諸現象が追求されている。


これだけ地球の温暖化ということが、問題とされるのは、ＣＯＰでみられるように国際間の政治的かつ経済的問題に非常に影響を与えるからであろう。日本でも年に数兆円の予算が、二酸化炭素削減のためにつぎ込まれているようで、社会的に大きな影響がある。

中国の大都市の公害問題は凄まじい。ＰＭ二・五などと言われ、すっかり粉塵に暗く覆われた景観がよくテレビで放映されている。私は大学卒業の前の夏に工学部では工場実習ということで、岩手県の富士製鉄釜石工場に一週間くらい滞在したことがある。釜石は古くから鉄鉱石を掘っていて、実習中には、他の大学から来た大学生とともに七、八人、会社の人に案内されて地下数百メートルの坑道にヘルメット、懐中電灯で、トロッコで下って行ったりして、大変楽しかった印象的思い出があるが、あの頃は日本も煤煙の公害が凄く、釜石の空は時により茶色になって薄暗く、住民は、洗濯物は外には干せませんということも言っていた。三重県では四日市喘息という公害病もあった。そのような問題が現在、四、五〇年遅れて、更にはるかに大規模に中国に現れているのだなという感じである。

マスコミは、一般大衆に解りやすく解説するのが使命であるが、時の風潮に流されやすい。彼らははっきりした結論を求め、単純化されたスローガンが好きである。大変だ、危険だと騒ぎまくるのが、視聴率、購読率をあげる。これは結局国民のいわゆる民度、知的な程度を反映しているのだが、これはそんなに簡単に変わるものではない。

たぶん、伊藤氏が述べているように、地球温暖化のようにまだまだ不明確な内容を、より正確に多面的に論ずること、理解することは、科学者以外は無理ではないかとも思う。だから、逆に言えば、科学者の責任は重い。国家の政策方針を決めて行く政治家も含めて、彼らに対する啓蒙を図ることは全く科学者の責務であると思う。放送界も、その時の世俗的権威や偏った主張の受け売りで番組を構成するのではなく、科学的にもいろいろな立場の研究者の主張を並列して出すような試みを考えて欲しいのだが、そうするとインパクトが弱くなって面白くないと考えるのだろう。

もう一つ、非常に印象的なのは、気象学は全地球に関連するわけで、世界中の研究者が精力的にこの研究にうち込んでいるという姿である。そして、多くの研究者が共同でことに当たっている。気象学には、ノーベル賞などは存在しない。その研究対象とはなっていない。ノーベル賞は個人的な仕事に与えられることが多い。しかし、この研究は膨大な各地のデータ、多様なシミュレーションなどによる解析が必要で、非常に重要な協同研究である。ある意味で、世界中の多数の人々が参画する、現代の最先端の研究の典型的な形ではないかと思う。

また、研究者はどうしても学問の世界での寄与を第一に考え、専門家相手の議論には必死になるのだが、一般に対する教育活動は、二の次と考える。学者の価値は専門家としての学問上の貢献が至上であるからである。これは私自身そうであったから気持ちは解るのだが、地球全体の環境問題は、人々皆に影響を与えるので、人々への教育が非常に重要である。この分野の研究者の、行動に対する一段の奮起を期待したく思う。

ＣＯＰは一九九五年が第一回で、二〇一五年のＣＯＰ二一（Conference of Parties）はフランスのパリで一一月末から二週間に亘って開催され、一九六の国と地域の首脳が参加した。合意されたパリ協定の内容は、「世界の平均気温上昇を二度未満に抑える」ということで、世界全体で今世紀後半には、人間活動による温室効果ガス排出量を実質的にゼロにしていく方向を打ち出した。そのために、全ての国が、排出量削減目標を作り、提出すること、その達成のための国内対策をとっていくことも義務付けられたという。ただし、具体的目標は、先送りされた。今後五年ごとに目標を見直して行く、ということだから、抽象的には合意であるが、今後、どういうことになるかは、全く解らない。まだまだこの問題の解決の先は遠いというのが、実際であろう。

注一、　二〇〇七年の第四次評価報告書の場合、一三〇ヵ国以上からの四五〇名を超える代表執筆者八〇〇以上の執筆協力者による寄稿、および二五〇〇名以上の専門家による査読を経て作成されているという。

注二、　Arctic Oscillation　北極と北半球中緯度地域の気圧が相反して変動する現象のことである。北極の気圧が平年よりも高いときには中緯度の気圧は平年よりも低くなる。低い時は、逆になる。

注三、　Pacific Decadal Oscillation　太平洋各地で海水温や気圧の平均的状態が、一〇年を単位とした周期で変動する現象である。

注四、　気温の変化を一〇〇〇年前から現在まで曲線として記したもので、アメリカのM・マンが、いくつかのデータを総合して地球の平均気温の推移として発表した。ＩＰＣＣ第三次報告書の元となっている。形がホッケーのスティックに似ていたのでこう呼ばれた。しかし、このデータはその作成にあたっての一部のデータの取り違えが判明し、場合によっては、捏造ではないかと、いうような喧しい議論が行われたという。現在では、その誤りが明らかになっているようである。

注五、　antipodal average　これは、磁針の揺れを測定し、地磁気的に反対の場所にあるイギリスとオーストラリアの観測値の平均をとったもの。単位はナノテスラ。地球磁場は約一〇〇〇〇ナノテスラ。太陽風による地磁気の擾乱は大きい時は四〇〇ナノテスラにもなるという。インターネットの別の資料では七〇〇～八〇〇ナノテスラということもあったと出ていた。三時間毎のデータが驚くべきことに一五〇年前からあるという。

注六、　氏は、一九三〇年一二月生まれなので、現在八五歳の高齢だが、東北大学地球物理学科を卒業した後、アラスカ大学大学院を修了した。オーロラの研究で有名とのことであるが、一九六四年に同大学の教授になっている。アラスカ大学地球物理研究所長の後、二〇〇〇年より二〇〇七年までアラスカ国際北極圏センターの所長を務めた。近来、地球温暖化に関する著作を書いていて、ＩＰＣＣは二五〇〇人の専門家による集団で、そこでの結論だから正しいという議論に対し、ＩＰＣＣは、政治的にしくまれたもので、学問的に純粋な研究者の学会ではないとも述べている。そしてＩＰＣＣは、裕福な国と貧乏国の争いの場となってしまったと指摘している。確かにＩＰＣＣは訳語も政府間協議となっていて、学会ではない。

注七、　一九九七年の京都議定書は、先進国の炭酸ガスの排出量の削減について割り当て量が決められた。二〇〇五年発効だった。一時期、炭酸ガスの削減目標を守れない場合、その余分の権利を他国から買うという議論があった。これが実際にどうなったのか知らないが、確かにこういうことが行われると、国の経済にかなりの影響を及ぼすことになる。

第二章　社会の流れ

日本のアメリカ依存

日本の戦後の政治を考えると、アメリカとの関係が全ての政策の基本になって来たと思う。日本が敗戦を迎え、アメリカのマッカーサーが占領軍司令官として厚木に降りたって以来、七〇年間、日本は、国際政治において最も重要な国防に関して、ずっとアメリカに依存してきたと言える。日本国憲法はアメリカ人によって書かれ、それを日本が受け入れ、一九四七年五月三日に施行された。この日が憲法記念日となって以来、その憲法で、ある意味、日本は規制、支配されてきたが、憲法九条によって日本は世界での戦争に直接参加せずに済んできた。

一九五一年、連合国の一部とアメリカとの単独講和を結んだ吉田茂首相が、このようなアメリカとの協力体制を決めたのである。あの時は多くの政治学者、理想論の人たちがソ連、中国を含む全面講和を主張したのに、敢然として、単独講和に踏み切った吉田内閣はその後の日本を決定した。吉田首相が、南原東大総長を曲学阿世の徒と非難したのだが、あの時、単独講和を支持した有名な政治学者は小泉信三氏のほか全くの少数だったと後に知った（自著『折々の断章』内、「小泉信三氏」）。新聞にのったサンフランシスコでの講和条約調印の写真は、小学生ながらによく覚えている。吉田、星島、池田、一万田その他の全権委員、そして池田蔵相秘書官であった宮沢氏は随員でお膳立てをしたようだ。これらの人々はその後日本政府の代表者となっていった。そしてその時同時に日米安全保障条約が結ばれた。

この時の条約は、アメリカ軍が日本に駐留することを希望する内容を日本側が提言したものであったが、吉田首相はその内容を誰にも告げず一人で決断し、一人で調印した、と後に宮沢氏は書いている（文藝春秋、二〇〇六年二月特別号、大特集「鮮やかな『昭和人』五〇人」内「吉田茂」)。その後、一九六〇年の安保条約改定となって以来、その条約がずっと今日の日本を規定してきた。

一旦は憲法九条の文章の如く日本を戦力なき理想の国にしようと考え、日本国憲法を作ったアメリカは、共産国の攻勢に対して、アメリカが戦った朝鮮戦争(一九五〇~五三年)の頃から、日本を共産主義国との戦いにおける同盟国にしなければという方針変更をした。それによって、日本は憲法を変えることなく解釈の変更ということで徐々に軍備を増強して行った。また朝鮮特需と言われる幸運で産業界は経済復興を成し遂げるきっかけを得ることができた。一方、一九五〇年、学者たちが学術会議の呼びかけで平和問題懇談会を立ち上げ、それからの冷戦時代の動きに対し、ここに集ったいわゆる進歩派文化人は、平和国家、社会主義の理想に向けて、常にアメリカ帝国主義批判とか、日本の革新勢力の伸長を期待して総合雑誌『世界』、『中央公論』などに論陣を張った。アメリカに対する住民を中心とした反発活動は一九五三年に始まった石川県の内灘試射場での紛争、五五年の立川基地拡張の砂川反対闘争あたりからだが、これらの闘争に対しても何人かの学者が支援の言動を張り、数年後にこの住民たちの反対闘争は共に実を結び、試射場は返還され，拡張計画は中止された。

このような戦後の時の流れを、かなり的確に記述した本として、京都大学の竹内洋氏が書いた大著『革新幻想の戦後史』(中央公論社、二〇一一年)がある。私は六〇年大学入学、ハガチー事件(注一)、六月の全学連学生の国会南通用門突破、女学生が死亡もした国民的な日米安保条約改定反対運動があった年で、条約の自然成立後岸信介首相が退陣した。竹内氏は私の一年後に大学入学なので、反対運動は終わってはいたが、まだまだ学生運動には余熱があり、各派間の闘争もあった。時代的に彼の書いた文章は全く私の感じた経験と近く、共感を持って読んだ。この本は各々の時代を象徴した人物を中心として、社会の動きとともに、特に筆者が居た大学での思潮が書かれている。

例えば、この時期輝いていた丸山眞男、後年右旋回した清水幾太郎のような左翼系大学人、宗像誠也などの東大教育学部教授陣の学校教育支配にむけての動き、これらの左翼系知識人、例えば久野収に反発した批評家、劇作家の福田恆存の主張、彼の論文「アメリカを孤立させるな」（文藝春秋、一九六五年七月）なども含めて、時代変化が非常によく書かれている。竹内氏は若い頃から特にこの福田恆存に大いに得るところが多かったようである。単純な女学生に「この人右翼よ」と紹介されたことがのっている。

しかし、そのような知識人の動きとは関係なく、国民は常にアメリカに寄りそう自由民主党を総体として支持して、選挙でも自民党はほぼ三分の二を常に確保した。岸の後をおそった池田首相の高度経済成長政策で日本は戦後復興を急速に果たしたのである。

一九六五年に始まったアメリカの北ベトナム爆撃にたいする反対運動で、鶴見俊輔に起用された小田実をリーダーとする市民運動であるベ平連（ベトナムに平和を！市民連合）の運動が盛り上がったりもし、アメリカはベトナムから撤退したが、日本の体制は変わらなかった。

一九六八年に始まる大学紛争の頃は、学生たちの間では、一時期高橋和巳が人気があったり、吉本隆明が教祖的存在であった。以後は、やがては内ゲバと呼ばれる学生間の乱闘にもなり、成田空港反対運動もあったが、大学の権威失墜は甚だしく、大学人は社会の思想指導者にはなり得ず、わずかに高坂正堯、永井陽之助などのような従来の左翼系とは異なる現実主義者と呼ばれたリベラルな政治学者とか、竹内宏、長谷川慶太郎のような経済学者、言論人では堺屋太一、日下公人などに見られるような実務型ビジネスマンといったタイプの評論家がある時期言論界で活躍し、民間会社でも、経営学とか、コンピューターの発展導入とともに、新しい市場分析のような技術的知識が重要になり、脱イデオロギー社会となっていった。

それ以来、冷戦時代、ソ連崩壊、最近の中国台頭を通じて、日本はアメリカの核の傘、海兵隊、原子力潜水艦周航（私が現役の一九九〇年代、日本には横須賀、佐世保、沖縄の三港に年間約七〇回、寄港していた）、そして沖縄の普天間と嘉手納、三沢、横田、横須賀、厚木、岩国、佐世保の基地の守護のもとで、軍事への負担を最小限にして、ひたすら経済にその活動を集中することができたのである。日本にとってはアメリカは外国に対する防衛警察であった。

そして、一九八五年のゴルバチョフのロシアのペレストロイカ政策から、ついに八九年のベルリンの壁崩壊に至るまでの一連の動きから、日本いや世界的に（中国、北朝鮮を除いて）、パックス・アメリカーナはほぼ完成したとも言える。日本は政治的には完全にアメリカの傘下で進むことに疑いを持たなくなり、日米の結束を固めることでレーガンと中曽根、ブッシュと小泉の交わした、芝居がかった握手が象徴的である。

自衛隊は徐々にその規模を拡げ、ついに二〇〇七年、防衛庁は防衛省と名前が昇格した。

二〇一五年九月、自民党は集団的自衛権の拡大解釈で、何とか周辺諸国の危機において、わが国の自衛隊が出動する、場合によっては直接戦闘にも参加する可能性を巡って、激しい与野党の議論が行われて、多くの国民の周辺の戦争に巻き込まれるという危惧の中で、結局与党の委員会における強行採決の後、国会で安保関連法案が成立した。

このような主題を巡って私がいつも思いだすのは、二つの言葉である。一つはヘンリー・キッシンジャーの『核兵器と外交政策』（日本外政学会、一九五八年）の中で彼が述べている言葉で、それは「国際関係では、国家が最後の手段として力を用いるという意志によってのみ、自国の正義の解釈を擁護し、自国の重要利益を守ることができるのである」という言葉。

もう一つは『日本外交　現場からの証言―握手と微笑とイエスでいいか』（孫崎享著、中公新書、一九九三年）の中で知ったのだが、アメリカの軍事戦略研究の中枢であるランド研究所の報告書では「同盟関係を形成しているNATOにおいては、欧州の同盟国は統合された指揮形態の中に入り、各々が発言力を持つ。このNATOの形態と異なり、東京は米国との同盟関係では極めて従属的なパートナーである」と書かれているということである。

これらはかつて自著『悠憂の日々』（丸善プラネット、二〇一三年）の「政治および政治家」で既に書いたのであるが、共産諸国と直接単一国家として韓国とともに面と向かっているという地理的特殊性もあって、日本は、確かにヨーロッパ諸国とは異なる、より強いアメリカ依存であり続けざるを得ないという特殊性が存在する。自民党の主張の一つは、なんとかより国際的責任分担を拡げ、この従属的パートナーから脱却したいということだろうと、私は解釈している。それと、日本が湾岸戦争で多国籍軍に対し一五〇億ドル（約二兆円）の援助をしたにもかかわらず、その貢献は全く国際的に評価されず、やはり、直接、危険を避けずに軍事的貢献をしなければ、国際的責任を果たしたことにならないという認識であろう。

福島の事故の直後、アメリカはすぐ支援の手をさしのべ、原子炉冷却の援助の道具、例えば冷却剤を送ると言ってきたが、民主党政府は当座、判断不能で援助を拒否したとか、受け入れなかったとか、放射線測定装置も事態が悪化してようやく受け入れたという話がある。これらは政府が相当慌てた結果であろうし、報道もどれが正確なのかよく解らない。一方、ヒラリー・クリントン国務長官が震災五週間後に日本に短時間訪れたが、それは表向き日本に対する援助の話であったが、実はアメリカの国債をすぐ売ることのないように、菅首相に釘をさしに来たのであった、という噂話もあった。

これに対し原子力大国のフランスはどうだったか。一〇〇人以上で編成された救援隊がチャーター機で羽田空港に向かい、事件発生三日後に到着。一七日には原子力大手のアレバと電力公社がホウ酸一〇〇トン、放射能の防護服一万着、手袋二万組、防護マスク三〇〇〇個を日本に送ったと発表した。

このような非常時にはロシア、韓国、インドなども救援隊を日本に派遣している。そういう意味では全世界的な救援体制が取られたのである。

ただ平常時の日本の防衛はあくまでもアメリカ一国に依存し、頼りきっているというのが日本の対応である。今さらながらだが、常駐の外国軍隊はアメリカだけだからである。また垂直離着陸機「オスプレイ」の配置整備には、各地で反対運動が起こったが、政府はその方針を変えなかった。二〇一五年春、更には自衛隊にとって初の「E―二D空中早期警戒機」（高性能レーダーを搭載した最新鋭機）四台の購入を決定した。それは約二一〇〇億円と言われている。また、その前に米国との間で、オスプレイ一七機と潜水艦発射型ミサイル「ハープーン」の購入契約が結ばれた。また、防衛省予算に計上されている在日米軍駐留経費負担はここ数年一八五〇億円前後となっている。

このように、日本政府は軍事力を高めようとするし、これは軍事産業の拡大を模索する米国との利害関係が一致した結果でもある。これらはあまり日本では報道されないが、周辺アジア特に韓国、中国あたりの反発を招いているようだ。たぶん、このアメリカ軍による日本の軍事増強は少なくとも北朝鮮の自壊によって体制が変わらない限り今後もずっと続くであろう。

日本政府は、こと軍事に関する限り、常にアメリカの要請に従順であるように見える。国際会議でも、北朝鮮への制裁措置など常にアメリカの対応に合わせているようだ。ただ、辛うじて、海外での直接的戦闘関与は、憲法九条のお陰でしないで済んでいる。二〇〇三年のイラク戦争の時のドイツ、フランスの不参加のような強い態度を政府が取り得ない、すべてアメリカの要請に従順であるのは情けないという思いもあるが、日本はこの時、アメリカ大統領による多国籍軍の戦闘終結宣言の後、人道復興支援、安全確保支援ということで、自衛隊を非戦闘地域に数年間派遣した。一方ドイツはこの時の国際社会の批判から、その後は派兵をそれまでのNATO内に限るだけではなく、中東などにも積極的に海外派兵を行っている。相当の数の死傷者も出している。日本も国際責任という観点から、今の政府の集団的自衛権の、憲法の拡張解釈からいけば、今のところは、日本に危機が迫った場合とか、いろいろ言葉では歯止めをかけているが、アメリカも最近は他国に応分の軍事的寄与を求めてきている。将来は日本もドイツと同じような対応をするようになるかもしれず、それは已むを得ないことかもしれない。

一方では、毎年、八月六日の広島、九日の長崎での原爆記念日には、被爆者の関係者が「二度と戦争はごめんだ」とか、終戦記念日の八月一五日には沖縄戦のひめゆり部隊の生存者が「絶対に戦争を起こしてはいけない」と話している。こういう人たちの平均年齢も八〇歳を超えた、これを語り継がなくてはいけないと、より若い人への語りかけも始まっている。こういう言葉を聞くと、絶対に日本は戦争に参加してはいけない、という思いが起こって来る。戦争絶対反対というのは論理としては単純である。これらの人々の思いというのは、「恒久平和への祈り」といったものであろう。

しかし、それをどう実現するのか、感情だけでは済まない。一方で、あの原爆投下は、それによって日本の戦争継続の意志を挫き、多くのアメリカ人の命を救った、という正当化が今でも少なからぬアメリカ人が考えていることである（注二）。歴史的に見ても外からの暴虐、攻撃というのは、絶えず起って来たことで、理由はさまざまであるがこれが将来無くなるということはまずないだろう。私は被爆者の気持ちは当然のことと思うが、政府の責任論も十分理解できる。

ガンジーの非暴力主義はあえなく潰え、殺された。インドは今やアジア諸国では珍しい核保有国である。バートランド・ラッセルは第一次世界大戦では徹底的な非戦論でケンブリッジ大学の教授職を追われたが、第二次世界大戦の時はナチスへの徹底した抗戦論を主張した。このように状況に応じて、戦争に対する人の考えは変わっていく。そして時代は同じようなことが繰り返されるというより、全く違った形で世の中の動きが現れる。例えば、冷戦時代、イスラムの自爆テロ、などを想像した人はいなかった。

だから、現在、「戦争と、武力の行使は、永久に放棄し、国の交戦権を認めず、陸海空軍の戦力はこれを保持しない」、といった九条を、言葉の上では全く肯定することはできない。よくそんな文言にありながらここまで軍事力を高めて来たものだと、政治家の曲言にあきれてしまうが、彼等のしたたかな行動にも理屈がないわけではない。だからといって今後積極的に改正をするという動きにも、ある種のあやうさを感じるのである。これからも、現実への対応は難しいところがあろう。

あれだけ幾多の思想家、哲学者、芸術家を生んだドイツが民族浄化を標榜したナチスに国民挙げての支持をよせ、日本は大東亜共栄圏の盟主たらんとする軍部の独走を許した。幾多の大学の教授、多くの文人が、日本の初戦の勝利に酔ったような言辞を残している。大衆のみならず、新聞、知識人を含めて時流に流される人々の勢いというのは、推し量りがたいところがある。

アメリカにすれば、共産主義の前線の楯として、日本をここまで経済復興させた。「安保ただ乗り論」ともいわれ、軍事はアメリカに任せっぱなしでひたすら経済に専心してきた日本もそろそろ軍事で応分の貢献をしてもらいたいという気持ちは強いだろう。しかし、自分達が日本に押しつけた理想論の憲法がいまや日本側からは抵抗の武器となり、思うようにいかない。歴史は皮肉である。

アメリカの二〇一六会計年度（一五年一〇月～一六年九月）の国防予算案は二〇一五年二月に発表、国防総省からの要求ベースだが、五三四三億ドル（約六三兆円）で、二年ぶりの約七・八パーセントの増額要求であった。国防総省は「中ロが米軍の技術的優位を鈍らせようと多額の投資を続けている」として警戒している結果だという。確かに中国は中国の全国人民代表大会（全人代）に上程された二〇一五年予算案の国防費は、約八八六九億元（約一六兆九〇〇〇億円）と前年実績に比べて一〇％増となった。五年連続しての二桁増である。もっとも中国の公式発表はアメリカからはあまり信用されておらず、実際はこれを数十パーセント上回っているだろうとも考えられているようである。

ロシアの二〇一四年の軍事支出は前年比八％増加の八四五億ドル（約一〇兆円）である。アメリカはこれらの状況から「国防支出の減少傾向を逆転させ、新兵器開発への投資不足という問題に取り組む」

と述べ、ステルスや精密誘導に続く次世代の軍事技術の開発を目指す方針を表明している。国防総省は、アジア太平洋重視戦略を引き続き推進する構えだ。

日本はこれに対し、三年連続の増額ということだが、約五兆円である。世界での二〇一四年の国防予算は、スウェーデンの国際平和研究所のレポートによれば、全体総額を一〇〇%とすると、アメリカ三四・三%、中国一二・二%、ロシア四・八%、フランス三・五%、イギリス三・四%、ドイツと日本が共に二・六%である。

日本の自衛隊の総兵力は約二四万人（女性五パーセント）で対人口比で主要国中最低水準である。年間防衛予算も約四兆七〇〇〇億円で絶対値でこそ世界的に上位に位置するものの、対ＧＤＰ比では一%を割って主要国中最低水準である。

アメリカに対する依存というのは、日本だけではない。今や世界中が国防に関してはアメリカに依存している時代であり、これは今世紀はずっと続くであろう。それでもローマの時代は永久ではなかったし、いつかはアメリカが斜陽になる日が来るかもしれない。しかし、過去の歴史上の覇権国、ローマやアラビア、イスパニア、イギリスにとって、当時は未知、未開発の世界が存在していた。そのような過去と違って、地球全体の状況が見渡せる情報化の時代、アメリカのようにこれだけ豊かな土地、資源に恵まれ、元来が多くの国からの移民により構成される多民族国家であり、自由な風潮とともに、人材の還流する柔軟性のある国家は他に存在しない。

二〇世紀を動かした思想は、産業革命以降、多くヨーロッパで生れたものであった。哲学、政治学、経済学、物理学、化学、工学、あらゆる文明の源流は、ヨーロッパ産のものが支配的であった。そのヨーロッパは、アメリカに対抗するためにＥＵ（注三）を結成し、現在頑張ってはいるが、域内のさまざまなる問題で苦悩している。

もはや、現在アメリカに代わる国は見当たらない。この状況は、たぶん、今世紀の間はずっと続くであろう。いやむしろ、どこかの国がアメリカに「代わる」のではなく、「変わる」とすればアメリカ自身が変貌していくことがない限り、アメリカ一極体制は続くというべきであろう。

ヨーロッパにはアメリカの軍事基地はいかほどあるのか。駐留軍はどれだけか、世界的にはアメリカ軍は海外にどれだけの軍事基地をもっているのか、これらの疑問がわいてくるが、これに関しては次節にまとめて書いた。

一方、日米の経済関係はどうなっているかというと、かつて日本の著しい経済発展の結果、日米経済摩擦の時期があり、日本の溢れる自動車を中心とする輸出ドライブに憤激したり、一九八六年頃、東芝のココム違反で、アメリカの数名の下院議員が日本から輸出された東芝のラジカセを打ち壊す映像などがテレビで流れたり、一九八九年、アメリカのスーパー三〇一条（注四）発令か、というような緊迫した時期もあった。これは日本の官僚たちの必死の努力で阻止された。（自著『思いつくままに』内、「官僚について」で記述した）

アメリカが日本に非常に頼っている経済的側面がある。それは、日本政府が大量に購入しているアメリカ国債である。最も安全な資産として世界各国が保有しているアメリカの国債なのだが、実はその中で日本が購入している国債が非常に多く、アメリカの財政を支えている。二〇一五年四月のアメリカ財務省の発表によると、日本は世界一の保有国となり、その額は一兆二二四四億ドルだという。これは日本円に勘算すると、約一四〇兆円となる。

日本は低金利が続き、国内の金融機関や年金基金などが、最も安全なアメリカ国債への投資をし続けているということの反映らしい。実はリーマンショック以後、過去六年間は、中国が第一位であって、今年六年半ぶりで日本は中国を僅かに（その差は七億ドル）抜いたというのである。中国も大量にアメリカの国債を購入している。これは世界中の経済環境が国の体制の違いを超えてリンクしていることを示している。よく、アメリカを揺さぶるためにアメリカ国債は日本の財政赤字を減らす為に売ってしまえ、というような発言をする人がいるが、事態はそう簡単ではないということだろう。

こういう中で、ここ数年、ＴＰＰ交渉が行われてきた。アメリカにとっては、カナダ、メキシコ、中国が輸出入の額で、上位三国であるが、日本が輸出入ともに四位を占めている。アメリカからの米の輸入枠とか、アメリカへの自動車の関税を将来なくすとかで、つばぜり合いをしていたが、二〇一六年一月に、大筋合意をしたと発表された。あとは各国の議会の批准を待つことになるようであるが、これらの経済的問題は、交渉は一応対等であるが、こと防衛問題では当分、アメリカの従属国という現状は変わらないであろう。

一方でアメリカの弱点も多々存在する。何と言ってもアメリカの銃社会、建国以来の銃で身を守るという西部劇の伝統でもある習慣が脈々と流れている現状は非常に深刻である。無差別銃撃事件は頻繁に起こっている。アメリカ疾病対策予防センターによると、二〇一一年のアメリカでの銃による死亡者数は約三一〇〇〇人。自殺が約六割なのだが、残りが殺人で、一日あたり三二人が銃によって殺されていることになるという。これは年間で約一万二〇〇〇人である。我々がニュースで知る銃撃事件などは、ほんの一部であるということである。日本の交通事故死者、約五〇〇〇人の実に二倍以上で、一方この同じ二〇一一年の日本での銃器による死亡者はわずか八人に過ぎない。

これは全くアメリカのアキレス腱と言ってよく、議会でも問題になるが、銃砲関係業界のロビー活動で改善の兆しは全くないし、世論調査でも銃規制に反対する人々の方が多い。

それともう一つは移民の流入問題である。二〇一五年に全米で摘発された密入国者は三三万七〇〇〇人。実は、アメリカテキサス、ニューメキシコ、アリゾナ三州とメキシコの国境三一〇〇キロの内、既に一〇〇〇キロにわたって鉄製のフェンスが設けられているのだが。移民だけでなく、メキシコは空いた場所から、大麻をアメリカに運び込み、大量の現金を得ているとのことである。

一方、ユダヤ人の強固な組織が、イスラエル一辺倒のアメリカ政策を支えているようだ。

また、外国に対しては、アメリカが自分の価値観を世界に向けて勝手に押し付けるという批判をよくされている。これらの内情を今後アメリカがどう克服してゆくか、いつまでたっても、悩みは尽きないであろう。

注一、　アメリカのアイゼンハウアー大統領の新聞係秘書・ハガチーに対するデモ隊の暴行事件。一九六〇年六月に大統領の訪日について，日本政府と打ち合わせのため来日したハガチーが自動車で羽田空港からアメリカ大使館に向かう途中，アイゼンハワー訪日に反対するデモ隊数百人に取囲まれて立ち往生したため，一時間後ついにアメリカ海兵隊のヘリコプターが一行を港区麻布竜土町のアメリカ軍へリポートに運んだ。そしてこの事件の様相を見て、大統領の訪日は断念された。

注二、　以前から、多くのアメリカ人がそう主張しているのを知っていたが、私は二〇一六年四月末、インディアナ州でのアメリカ大統領の予備選挙中、オバマ大統領の弱腰外交を批判し過激な発言を繰り返している不動産王で共和党の候補、トランプ氏の応援で、かつてインディアナ大学のバスケット部監督であったボブ・ナイトが「トルーマンは、原爆投下を決断し、多数のアメリカ人の命を救った偉大な大統領であった。トランプ氏もそういう大統領になるであろう」と彼の隣りにいて、演説をしたのをテレビで見た。私達が正にインディアナ大学にいた時、彼は大学の監督でその激しい指揮による試合を何度か見たので、懐かしかったが、(彼は、大学のバスケット部大会で何度もインディアナ大学を優勝させ、オリンピックのアメリカの優勝監督にもなったが、一方選手に対する暴力沙汰でやがて監督を罷免もされた。)　彼のような好戦的男にとって、そういう考えはごく自然のようである。アメリカの何度かの世論調査でも、原爆投下を肯定する人が半数以上いることが事実である。調べて見ると、一九七六年、沖縄県援護課の発表では、沖縄戦の犠牲者は、日本人一八万八一三六人、沖縄県出身者一二万二二二八人（民間人九万四〇〇〇人、軍人・軍属二万八二二八人）。これに対しアメリカ人は一万二五二〇人となっている。確かに原爆なしの戦争が継続されれば、アメリカ人の死者も十数万人に達することになったかもしれない。

いまさら言うまでもないが、もともとナチスが原爆を持ったら大変だということで、連合国の科学技術陣の総力をかけて開発された原爆が完成した時、既にドイツは降伏していて、連合国側はその効果を試したかったという不運が日本にあった。投下の以前から、日本はもはや攻撃の戦力は全くなく、軍部が本土決戦、一億玉砕の空しい掛け声を放っていたに過ぎない。

第二次世界大戦の死者数は、資料によって大幅に異なるが、日本が約三〇〇万人に対し、アメリカは三〇万～四〇万人である。ソヴィエトが約二千数百万人で最大のようであるが、中国はよく解らず一〇〇〇万～二〇〇〇万人あったとの推定がある。ドイツは四百数十万人、ポーランドが約六〇〇万人（半数がユダヤ人）、イギリス、フランス、イタリアはいずれも五〇万人前後であるようだ。

注三、EUは、一九五〇年、フランス外相であったロベール・シューマンの発想による欧州石炭鉄鋼共同体から始まる長い歴史を有している。一九六九年にこれが発展して欧州経済共同体となったが、参加国は、フランス、西ドイツ、イタリア、ベネルックス三国の六カ国であった。二〇一三年に、これが二八カ国になっている。

一方で、一九一八年にドイツのオズヴァルト・シュペングラーが『西欧の没落』（邦訳、村松正俊、五月書房、二〇〇七年）を発行したのに対し、これに対する意味もあって、スペインの社会哲学者、オルテガ・イ・ガセットが一九三〇年に『大衆の反逆』（邦訳、寺田和夫、「世界の名著五六」、中央公論社、一九七一年）を書き、その中では最終章に近く「ヨーロッパ帝国」への提言が経済的な考察ではなく、精神的な発想で書かれている。彼は共和革命で代議士ともなったが、やがて議会を批判して辞任し、一九三六年にはスペイン戦争が勃発し、国外に逃れ、第二次世界大戦が終了して母国へ帰還した。

注四、アメリカの「包括通商・競争力強化法」の対外制裁に関する条項の一つで貿易相手国の不公正な取引慣行に対して相手国と協議して、問題が解決しない時の制裁について定めている。例えば輸入障壁に対して不公正な貿易慣行があり、改善要求が三年以内に改善されない場合、報復として関税引き上げを実施するといった内容である。

アメリカの軍事世界戦略

ここのところ、沖縄での普天間基地移転で、政府と地元沖縄の真っ向から対立した争いが続いている。普天間からの米軍のグアム移転、名護市のキャンプ・シュワブ周辺の辺野古岬の基地造成を巡って、両者は一見して妥協のない協議を続けているように見える。

これは、国外移転すくなくとも県外移転を標榜して一時期政権をとった民主党がアメリカとの話し合いでもろくも説得されその意向を断念して以来のことであり、その後、仲井真知事が当初の要求を変えて、結局政府案の受け入れを表明し、その結果選挙で負けて現在の住民側に立った翁長知事に変わったのであった。

この協議の帰趨はまだ決まっていないが、私は結論は見えていて、政府はある時限で十分に議論は尽くした形をとり、国の方針は地方に優先するとして押し切るだろう。知事の側としては、それに対応して、沖縄の負担軽減をどこまで引き出すかが焦点になってくると思う。これは政府としても沖縄の立場は解り過ぎるほど解っているのだが、アメリカの世界戦略に従うほかはないと腹をくくっているに違いないからである。

このことは別として、私は日本のことだけでなく、一体世界ではこのような問題はどうなっているのか、ヨーロッパではどうなのか、アメリカ軍の基地はどれほどあるのか、私はまったく解ってないと思い、解説本を図書館で探して見た。

そして、『米軍基地の歴史　世界ネットワークの形成と展開』（林博史著、吉川好文館、二〇一二年）

を読んでみた。著者は関東学院大学教授で、この本の前には『沖縄戦と民衆』、『沖縄戦　強制された「集団自決」』、『沖縄戦が問うもの』その他の著作を出版している。

プロローグ「米軍基地の現在」で現在の米軍基地の統計が出ていて、のっけから私は吃驚してしまった。それは二〇〇九年のアメリカ国防省の発表データで、当時アメリカ本国の軍事基地は四二四九ヶ所とあった。実に凄まじい数である。それに海外領土（グアムなどを含むマリアナ諸島、プエルトリコなど）に八八ヶ所、海外諸国三四ヶ国（イラク、アフガニスタンは除いて）に六六二ヶ所、総計四九九九ヶ所となっている。こんな事実を日頃認識している日本人はどれほどいるのだろうか。

アメリカの防衛体制というのが、とてつもない規模で世界を覆っているのが実感される。さらには、この中で資産価値に三つのランク分けがなされていて、最も大きな基地とされるものが、米国内一一一、海外領土三、海外諸国二〇で、海外では上位四つを含めてなんと八つが日本に集中している。資産価値額の順位で、一位嘉手納、二位三沢、三位横須賀、四位横田であり、一〇位キャンプフォスター（瑞慶覧、沖縄）、一三位岩国、一八位キャンプキンサー（牧港、沖縄）、二〇位厚木である。人数からいうと、まだ冷戦時代の余波があるのだろうか、二〇一〇年末の統計で、ドイツが一番多く五・四四万人、日本が三・五三万人、韓国が二・四六万人であり、あとは一万人以下で三カ国が突出している。米兵が駐留している国・地域は一四七、合計約二九万人と書かれている。

アメリカ全体の軍人の数は、この時点で一四二・九万人である（イラク・アフガニスタンの一八・九万人は除かれている数と書いてある）（注一）。

冷戦が終わってドイツの基地はどんどん減っているのだが、日本は逆に年々増大させてきているので、そのうち日本が最大の基地集中国になるだろうと予測されている。そして、日本の中では米軍専用施設の七四パーセントが沖縄に集中しているというわけである。

ドイツでは米軍基地はどこかと調べてみると、資産価値五位のラムシュタイン、一七位シュパングダーレムはいずれもルクセンブルグに近いラインランドファルツ州、一九位グラーフェンペアはチェコに近いバイエルン州にある。いずれも二八カ国が加盟する北大西洋条約機構（ＮＡＴＯ）の管轄下にあり、日本では基地は米軍だけが使用するのに対し、加盟国の軍隊が臨機応変に利用するといった形であるようだ。

韓国は九位オサンと一五位ヨンサン。海外領土ではグアムの海軍と空軍の二つの基地が嘉手納を上回った資産価値を持ち、プエルトリコがヨンサンと同程度の価値を有しているとなっている。

他に主なところは、キューバのグアンタナモ（アメリカが無期限の基地提供協定を二〇世紀初頭に結んでいて今も維持、イラク、アフガニスタンのテロリスト収容所がある）が六位、インド洋のディエゴガルシア（英領、現在中東への空爆の航空基地）が七位、マーシャル諸島のクワジェリン（マーシャル諸島共和国の一部、弾道ミサイルの試験場であり、かつてはビキニやエニウェトク核実験の関連施設）が一一位である。この二ヶ所は軍事目的のためいずれも島民は強制移住させられた。それ以外にもアリューシャン列島の中部にも空軍基地があり、アメリカはソ連、中国、北朝鮮の共産圏に対して膨大な軍事基地ネットワークを作っていることが解る。

この本は四章に分かれ（著者は章はふっていないのだが、文の便宜上、章ということにする）、第一章「米軍基地の世界的ネットワークの形成」と第二章「基地ネットワークの本格的展開と再編」で、一九世紀後半、特に世紀末の米西戦争から、二度の世界大戦、東西冷戦を経て、現在のアメリカ一強体制にいたるまでの、アメリカの世界でのさまざまの機会をとらえての海外領土拡張、軍備体制の強化の経過が詳細な資料から記述されている。朝鮮戦争を契機として、日本においても警察予備隊、保安隊および海上警備隊を経て、一九五四年に陸海空の自衛隊が発足した。大陸間弾道弾ミサイル、潜水艦発射弾道ミサイルの開発、とめどない核兵器の開発が行われ、それらの基地施設の建設がヨーロッパ、アジア太平洋で行われた。東西冷戦の一九八〇年代のある統計で、アメリカ軍の核弾頭配備数は西ドイツで三三九六、イギリスで一二六八、核兵器施設数は西ドイツで二四一、カナダで七八などと書かれた表がでている。この頃のアメリカのヨーロッパでの基地数は六二七、太平洋で一二一という表もある。主としてヨーロッパが主戦場になるという想定だったようだ。

ＣＩＡ（アメリカ中央情報局）の暗躍による各国民主政府に対する内政干渉による転覆は、一九五三年イランのモサデクを倒し、シャー国王の統治としたことをはじめ、一九五四年グアテマラのグスマン、一九六一年コンゴのルムンバ、六三年に南ベトナムのゴ・ジン・ジェム、一九六七年インドネシアのスカルノと、つぎつぎにこれに対するクーデター側を軍事的に助け、これらを打倒してその後の長期的圧政政権を支援した。唯一の失敗は一九六一年のケネディ大統領の決定によるキューバのカストロに対する暗殺であったという。一九六一年には韓国で朴正熙の軍事クーデターも支援した。

アメリカがこれらの国民政権によって各国が共産主義国家になるのを防ぐという名目で、呵責のない攻撃をしかけたのには憤激を催さざるを得ないが、疑心暗鬼の中で、人間はいくらでも残虐になってしまうことを示しているとも言える。

アメリカは戦後も絶えず世界のどこかで戦争を起こしたり参加しているが、この間にアメリカの戦死者数はどのくらいかと調べてみると、諸説あって定かではないが、一説では、ベトナム戦争が約六万人、朝鮮戦争が約四・五万人で大部分を占め、総計で約一一万人だという。第二次世界大戦での米軍の戦死者数は約四〇万人であり、ロシアの二〇〇〇万人、日本の三〇〇万人に比べても、圧倒的に少数で、この間に世界屈指の資源王国が、世界最大の強国となっていったといえるであろう。

本書の後半部分は日本に特化した基地問題が議論されている。第三章「日本本土と沖縄」では、沖縄が本土から切り離されて、敗戦以来一九七二年の返還まで四半世紀余り、アメリカ政府は極東軍司令官が東京に居て民生長官となり、沖縄には民生副長官をおき支配した。土地収用の強制、暴力的農地接収などを進め、基地を次々と拡大していった。本書では、沖縄の人々のこれらに対する激しい抵抗運動、また現地総領事などによるこの現状に対する危惧の本国への具申、国務省の理解と、これに対してあくまでも強行しようとする国防省の対立などが、詳細な文書によって詳述されている。また本土に駐留していた海兵師団の沖縄への移住、与那原飛行場の拡張計画の断念、普天間飛行場への集中などの過程がくわしく述べられている。米軍資料は二五年経つとかなり公表されるのでその経過が臨場感をもって書くことができているのであろう。二〇〇八年の資料であるが、沖縄での海兵隊関連施設は北部訓練場を始めとして一七ヶ所ある。

第四章は「米軍基地に関わる諸問題」となっていて、米軍に対する反発は、土地問題だけでなく、基地周辺では米軍が刑事裁判権を持つこととしたために数々の米国軍人による犯罪も見逃され、殺人、暴行、特に多くの強姦事件がおきて、うやむやにされる事件が続出した。このような事態は沖縄だけでなく、韓国は朝鮮戦争などには米軍に対する政府公認の慰安婦制度が作られ、売春女性は米兵相手に約一八万人、韓国軍兵士に対して約一二万人にのぼったと言う数字もでている。日本とは比べようもなくひどい状態であったことが解る。ベトナム戦争時などを含めて、フィリピン、タイなども同様な事象が頻発していたようだ。人を殺すことが常態となり明日知れぬ生命となっている兵隊の精神がいかに荒廃したものになるか、その相手になる女性も悲惨そのものである。いつの世にも戦時に変わらぬ実態であると思うと、暗い気持ちになる。

この裁判権放棄は現在まで続いていて、日本では二〇〇一年からの八年間で公務外の米軍構成員の犯罪の起訴率は三八二七件中六四五件、わずか一六・九%という。一九八五年からの二〇年間で、軍事裁判を受けたもの一名、懲戒処分三一八名に過ぎず、二〇〇七年の岩国での海兵隊四人による性的暴行でも、米軍軍法会議では懲役一年から一年半。二〇一〇年同じ岩国での通勤の車による殺人事件でも不起訴になったという記述もある。これらを信じると、米軍基地の存在そのものがいかに現地の人々を、軽視し、属国扱いしているかが解り、怒りに駆られるが、著者はこれらは冷戦を利用し戦争責任と植民地責任を棚上げして経済成長をとげた日本が、この米軍基地の問い直しを避けて来たということに大いに反省の必要があると結論している。

最終節の「基地撤去と縮小への動きと密約」では、まず過去にかずかずあったアメリカと日本政府の密約に触れている。核の持ち込みを始めとして、自在に米軍が行動できるための密約がいろいろ存在し、日本政府は国民を刺激しないようにそれらを糊塗してきたことが、文書の公開で明らかになっているという。こういう問題はかつて私は「政治および政治家」で述べたことがある（『悠憂の日々』内）。政治はあくまでも結果責任を問われること、政治家は嘘をつかなければならないこともあること、などの事項についてである。

ついで、世界では、第二次世界大戦後、多くのアメリカ軍基地が撤去されてきたことが述べられている。これらは政権交代が一つの機会で、例えばフィリピンでは、現在数百名の米軍が派遣されているが米軍基地はないそうである。他にエクアドル、パナマ、プエルトリコ、アイスランド、ニュージーランドなどの例が記述され、重要性が高いことが一番の理由だろうが日本ほど多くの基地が安定して継続されているのは珍しいという。

この本は、二〇〇九年九月に民主党が政権をとってまだそれが維持されている二〇一二年一月に出版されているのだが、鳩山由紀夫首相が「少なくとも普天間基地は県外移設」といっていたのが、もろくも破れ、本人の身辺の献金受領問題で二〇一〇年六月に辞任した後、菅直人首相の頃に出版されている。

著者はそれまで長年日本の戦争責任をテーマとして考えてきたが、米軍基地問題に初めて取り組んだとのことである。日本での基地問題はもっぱら日本の対アメリカへの局所的立場から考察されることが多いのだが、これをアメリカの世界の軍事戦略の立場から考えて見たということで、本自体はかなりの力作だと思った。

最後のあたりで、述べられている著者の主張は、日本の基地はアメリカの朝鮮戦争、ベトナム戦争の空爆の発進基地、中東戦争の空軍の中継基地であり、アメリカの侵略戦争への加担者としての役割を果たしてきた。これでいいのか、アメリカは日本を守るために基地を置いているという妄想を絶ち切り、日本がもっと基地の問題を自らの問題として（沖縄にすべてを押し付けるのではなく）考えるべきだというのが彼の立場である。ただ、この問題は精神的なことを言っている分にはもっともだが、具体的にはアメリカの軍事世界戦略があることで難しい問題であり、今迄に日本の働きかける余地がどのくらいあったのか、とも思う。民主党は党内合意もとれず、首相の主張はアメリカとの交渉で右往左往し、解決を投げ出したのはともかくとして、問題は今後である。自民党政府は、今迄の長い対米交渉の経験から、軍事、国防に関する限りは、アメリカに完全に従属するしかないと割り切っている集団であるとも言える。それが戦後の七〇年間、戦争のない唯一の先進国日本を保持してきたからである。彼らだってその犠牲を沖縄にのみ負担させてきたことを良しとしているわけではないと思うのは、歴代の内閣がさまざまの案を検討してきた経歴を調べて見ると解る（注二）。

最近のヨーロッパでも基地の撤去は数回起こっている。

二〇一四年五月、アメリカ国防総省が、ヨーロッパにある二一ヶ所のアメリカ軍基地の閉鎖を決定した。アメリカ国防総省は、目的は年間六〇〇〇万ドルの軍事費削減であるとした。この時は、閉鎖の第一段階であって、「今回は、ドイツ、イタリア、デンマーク、ギリシャ、イギリス、ベルギーの二一ヶ所の基地が閉鎖される」と。アメリカによるこうした決定は、アメリカと同盟関係にあるヨーロッパ諸国の反発を引き起こしているとも報道された。

さらに二〇一五年一月、アメリカ国防総省が一月、ヨーロッパのアメリカ軍基地を一五ヶ所閉鎖、返還すると発表した。閉鎖の対象はドイツ、ベルギー、オランダ、イタリア、ポルトガルとなっている。国防総省はこれで年間五億ドル（約五九五億円）を節約することができるといっている。一方で、これは世界規模のアメリカ軍再編計画の一環で、戦力を保つためにイギリスのレイクンヒース空軍基地には、ステルス戦闘機F三五の飛行隊を配備する方針だということである。

現在、ドイツには、アメリカ在欧陸軍司令部がハイデルベルグにあり、空軍司令部は先述のラムシュタイン基地であり、特殊作戦軍の司令部はシュトュットガルトにある。それ以外のアメリカに関係しない軍事基地が一五ヶ所ある。いずれも空軍基地である。

このように米軍にとってヨーロッパの防衛は変化もし比重は明らかに減少していて、相対的に日本周辺にその多くが集中しているのが現状である。たぶん、北東アジアの情勢が今のような緊張状態が続く限り、アメリカの軍事戦略は緩むことなく、それに対応する日本も従来の協力体制を続けざるをえないのではないかと思う。

もう一つ、最近気になることは、その戦争形態が将来、無人飛行機の発達で、大きく変わっていくのではないかということである。実際アメリカはシリア内戦、ISに対する戦闘などで無人機を相当使っているようだ。これは、戦闘地域から遠く離れた制御基地で狙った対象地域、しかも建物などの画像にたいして、ボタンをポンと押すだけで無人機からの爆弾を発射することが行われる。あるテレビ放送では、その任務についていた軍人が、その直前に子供が入っていく建物を爆破し、その自らの行為の残虐さにいたたまれなくなって軍務から離れたという述懐を話していた。

このような戦術が常態化していくと、戦争は自らの危険を全く感じないで、まるでゲーム感覚で、大量の他国の住民を殺傷するというようなことになりかねない。いや正にそういうことが行われているのである。非戦闘の住民が、まるで人形のように、無防備のまま殺されていく。

実に、やりきれない時代になったものである。

注一、イギリスの外交・安全保障政策の研究機関「国際戦略研究所」が発表した、二〇一二年版の年次報告書「ミリタリー・バランス二〇一二」のデータでは、以下になっている。
二〇一一年現在、現役軍人の数が最も多いのは中国で二二八・五万人、次いでアメリカ一五六・九万人、インド一三二・五万人となっている。さらにトップ一〇には、北朝鮮一一九万人、ロシア九五・六万人、韓国六五・五万人と続いている。日本の自衛隊の隊員数は二四・七万人で世界二二位、ドイツは二五・一万人、フランスが二三・九万人とある。国の総人口に対する割合から言えば、これらのヨーロッパ諸国に比べて日本の自衛隊の兵力は相対的に小さいと言える。

注二、普天間基地については、一九九五年の米兵による少女暴行事件を発端に特別行動委員会が発足し、特に一九九六年一月からの橋本龍太郎内閣では、「普天間基地の移設条件付き返還」の合意が首相と駐米大使との間でなされ、以後様々の代替案の検討が行われている。政府内にはすぐに「普天間返還作業委員会」が設置された。海外移設、本土移設（高知、北海道苫小牧東等）、沖縄の他の地への移設（嘉手納、伊江島、キャンプ・ハンセン等）、海上へリポート（メガフロート案、これにはアメリカおよび日本の様々の会社が工学的検討をしている）など、真剣に取り組んだようである。翌年一月に名護市のキャンプ・シュワブ移設案が登場している。

苦難を乗り越えた小国の歴史　東欧の国々

私が東ヨーロッパの人と初めて話をしたのは、一九八四年、パリからギリシャまで夏休みに自動車で家族旅行した時だった。その当時、ユーゴスラビアではチトー大統領は既に亡くなっていたけれども、店にはチトーの肖像画が飾ってあった。ユーゴスラビアは西側諸国からも東側諸国からも一般人が旅行できる国で、アドリア海沿岸の海水浴場のキャンプ場では、共産圏の旅行客と英語で話ができた。あるキャンプ場でチェコから来た人は周りを気にしながら「実は私達はあのドプチェクが政権を取った時が一番嬉しかった」と小声で私に言った。あの「プラハの春」と言われた一九六八年のことである。あの時、かつての陸上のヒーローであったエミール・ザトペックや女子体操の名花といわれたベラ・チャスラフスカが加わった「二千語宣言」もあったのだが、あれから半年後位にソ連によってワルシャワ条約機構軍がチェコスロバキア全土を制圧し、やがて六九年ドプチェクはソ連のあるいはその傀儡政権による弾圧で共産党から除名され、「プラハの春」は一年半ほどで潰されたのであった。

ギリシャ旅行の後、我々は再びユーゴスラビアの今度は内陸の道を辿り首都のベオグラードを通ったのだが、そこではやたらに兵士の姿が目に映った。やがて国境で写真をとってビザを取得して小国ハンガリーに入った。これはパリ近郊の同じアパートに住んでサクレーの原子力研究所に勤めていた物理研究者でハンガリー人のゾルタン・フォドール氏が、ギリシャに行くなら是非、ついでに母国ハンガリーを訪れて欲しいと勧められたからであった。（この間の事情は本書の「自動車運転の経験」で書いている）。ハンガリーのキャンプ地ではルーマニアの人たちと仲良くなった。また東ドイツから来ていた人は、「私達はソ連圏の中でしか旅行ができない。寒い冬や、夏に泳ぎたいとなると、黒海沿岸のルーマニアに行くしかない」などとも言っていた。いずれにしてもこういう所で会った人たちはごく普通の一般人で、共産国であろうが無かろうが、全く我々と変わらない感じで、そういう話を聞く度に私達は気の毒だなあと思うばかりであった。

ホイナッキ先生とベラルーシ国境近くの原生林国立公園で

グーズ氏とクコヴォービッツ氏を日本食で接待

次に東欧の人と親しく交流したのは、ベルリンの壁も破れ冷戦が終了してだいぶ経った一九九九年にポーランドの北部マズール湖で行われたサマースクールでの講演を依頼され、二週間ほどワルシャワに滞在した時で、ワルシャワ大学重イオン研究所の元所長であったスウァヴォミール・ホイナッキ(Sławomir Chojnacki)先生に大変親切にして戴いた（この時の事情は、私の最初の随筆『折々の断章』（丸善プラネット、二〇一〇年）の中で「印象深き愛国者たちの国　ポーランド訪問記」として記述した）。また、二〇〇二年の六月には、再びホイナッキ先生に今度はポーランドでＰＥＴ（陽電子断層撮影装置）の普及のための講演を依頼され妻も同伴して、ワルシャワの重イオン研究所及び南のポーランド第二の都市クラクフに行く途中のキエルチェ大学で講演を行った。当時日本ではＰＥＴ装置は二〇〇台くらいあったのだが、ポーランドには一台もなかったのである。このときは、フランスのサクレー原子力研究所に勤めていた時、同じアパートに住んでいた、ポズナニ大学の物理学教授のドベックー家に一七年ぶりに再会できた（『折々の断章』内、「フランスの隣人達」で記述）。

キエルチェ大学病院の院長グーズ氏と医学物理のヘッドであるクコヴォービッツ氏が日本に来た時は、放医研やガンセンターの見学につきそった。

その後、マズール湖のサマースクールで一四〇人余りの参加者の一人でやや親しくなったルーマニアの宇宙線研究の女性物理学者、理学博士であるイリアナ・ブランカスさん（Iliana Brancus）が、「夫が癌になった。あなたが講演で話された重粒子がん治療装置で治せないか」という質問のメールが来た。彼女の夫はブカレスト大学の物理の教授だが、悪性リンパ種という循環器系で全身に亘るものだったので、残念ながら固形種がんを対象とするＨＩＭＡＣの重粒子がん治療では対象外である旨返事をした。彼女はやむを得ず、ルーマニアの病院のレベルは低いので、夫と定期的にパリを往復して抗がん剤治療に当たっていると伝えて来た。

その内に、今度は彼女自身が乳がんになった。ブカレストの病院で診断された結果だったのだが、これまたＨＩＭＡＣでは治療適応外となっているものだった。私もつらかったが、結局彼女には手術で対応してもらうしかなかった。しかし、彼女は元気に回復し、二〇〇二年の秋に日本の宇宙線研究所（山梨県明野村）に数日間滞在し、あなたにも会いたいからと、千葉の放射線医学研究所に来たので、ＨＩＭＡＣを案内し、数日間ゲストハウスに泊まり、乳がんの手術のその後の再発や転移がないかどうかを見る為に放医研のＰＥＴを受診させた。この時点でルーマニアにもやはりまだＰＥＴは存在しなかった。翌二〇〇三年八月に日本で開催された国際会議で再度彼女は来日し、この時も私は放医研に頼み込んでＰＥＴで検診してもらった。診断の結果幸い再発や転移もなく術後は順調であることが解った。彼女は長年、ドイツ・カールスルーエの研究者と実験装置で共同研究をしており、今やルーマニアの宇宙線研究者の指導者として、数々の国際会議で活躍している。しかし、彼女の夫は、彼女の献身的な看病が一〇年位続いたのだが、数年前に亡くなった。

イリアナさんと妻
東京湾花火を見ながらの
レストランで

ジャンとラヴィーニア夫妻
を江戸東京博物館へ

二〇一五年の七月には、ワルシャワ大学で法学を教えているイリアナの一人娘のラヴィーニアが新婚旅行で夫のジャンとともに日本にやってきたので、我々は、カップルの東京観光に同行し案内した。

こんなことが東欧の旧共産圏の人々と直接触れ合った私の僅かな経験であったが、最近、さる女性の紹介で、米原万理著『打ちのめされるようなすごい本』（文春文庫、二〇〇九年）を読んだ。彼女はロシア語同時通訳者で、エッセイスト、作家でもある。父が共産党の国会議員であった米原昶氏で、幼少の時その赴任先のチェコスロバキアでロシア語の教育を受けた。さらに東京外国語大学、東京大学大学院でロシア語を学んでいる。この本の題名はこの本の中にある「打ちのめされるようなすごい小説」という彼女の書評を編集者が真似てつけたのだと思うが、それにもまして凄いのは、彼女のその逞しいばかりの読書量で、毎日七冊を二〇年間続けたと書いてある（たぶんこれは七冊を並行して読んだという意味だと思うが、その読書好きが並外れているだけでなく、その文章の中身の冴えもなかなかで、現代における才女の一人であろうと思った）。惜しいことに彼女は二〇〇六年に卵巣がんで五六歳で死去した。

この彼女の書評をすべて載せたとする本文五四〇ページの分厚い文庫本の中に、数々の、ロシア、東ヨーロッパ諸国の本が載っている。書評なので大部分は二、三ページのものが多いが、その中で私の興味を惹いた二冊の本があった。

それはチェコのことを書いた『マサリクとチェコの精神―アイデンティティと自律性を求めて』（石川達夫、成文社、一九九五年）、および『異星人伝説　二〇世紀を創ったハンガリー人』（ジョルジュ・マルクス著、盛田常夫訳、日本評論社、二〇〇一年）であった。これらの本を読んだことで、私は東欧の諸国というものをあらためて考える気持ちになった。

また、イリアナさんが数年前に私にくれた英語の本『In Celebration of Mihai Eminescu』(translated by Brenda Walker with Horia Florian Popescu, Forest Books, 一九八九年)や『Bucarest, La Belle Epoque』という写真がたくさん入った小冊子もあらためて眺めてみた。エミネスクはルーマニアの生んだ一九世紀の国民的詩人である。

また、図書館で見つけた『ルーマニア・二つの革命　不毛な世代のわが体験』(シルビュ・ブルカン著、大塚寿一訳、サイマル出版会、一九九三年)も読んでみた。

一体に、東欧というが、これらの小国といってもよい諸国はそれぞれ独自の歴史、文化を背負っている。第一に言語が異なる。ポーランド、チェコはスラブ語派であるが、ハンガリーはウラル語族であり、ルーマニアはラテン系のロマンス語派である。だからハンガリーは民族がマジャール人で(本来、ウラル山脈のあたりが発祥の地らしい)アジア系の飛び地とも言われるが、姓名が日本と同じように、苗字、名前の順に呼ばれるし、ルーマニアはフランスの影響が強く、第一次世界大戦後の首都ブカレストは「小パリ」とも呼ばれていたという。現在の人口は、ポーランドがおよそ三八三〇万人、チェコはスロバキアと合わせて一六〇〇万人、ハンガリーが九九〇万人、ルーマニアが二一四〇万人である。面積はポーランドが一番大きく、それでも日本の八三パーセントである。

その各国の歴史を見ると、それぞれ各時期にいろいろな民族が交錯し実に大変な変遷を経ていることが解る。これらは詳しく追っていくと、とても書ききれないが、ここでは、ほんの要点だけを書いてみよう。

ポーランドについては前記の私の文に概略があるが、国土が名前のごとく平らであるため（ポーランドは平原という意味）、この国は一〇世紀建国以来さまざまの国から侵略された。ロシア、ゲルマン、プロシャ、タタールなどである。ポーランドの首都は古くはポズナニであり、その後一一世紀から一六世紀のコペルニクスの頃まではクラクフ、そしてその世紀の末にワルシャワに移っている。これらは周辺国家との抗争の結果を示しても居る。一六世紀にはリトアニアを併合しポーランド・リトアニア王国となってヨーロッパ最大の国土となった。しかし、一八世紀には周辺からの侵略で三度の国土分割が行われ、三度目はロシア、プロシャ、オーストリアに三分割され、ポーランドという国の名前が地上から消えてしまった。その後、かつての王国の復活を願って、様々の戦いが行われたが、度々の民衆の反抗も多くはロシア軍隊によって鎮圧されてきた。またプロシャのビスマルクによるポーランド人に対する抑圧もあったのだが第一次世界大戦のドイツの敗北によりポーランド共和国が成立した。第二次世界大戦はヨーロッパでは、一九三九年九月、ナチスドイツのポーランド侵攻から始まっている。

チェコは紀元前にはケルト系民族がいたが、その後ゲルマン系民族が定住し、五世紀ごろから西スラブ系のチェコ人が定着した。その後の一〇世紀ごろにボヘミア王国が成立し、ドイツの影響が非常に強い国として一四世紀にはドイツからの王家が支配し神聖ローマ帝国の一部となった。ハプスブルグ家が支配した一七世紀前半には三〇年戦争（注一）が起きている。やがてハンガリー・オーストリア帝国に支配された。民族自決に則ってチェコスロバキア共和国として独立したのは第一次世界大戦後である。

ハンガリーは同じように古来からさまざまな民族が侵入したが、五世紀にはアッティラ国王に率いられたフン族が侵入した。彼らは中国北方の匈奴の子孫のようだが、その特技は騎馬弓射であって、私が訪れたブダペストはドナウ川を挟んで、ブダとペストの両地域が対岸に位置する美しい街だったが、その王宮では壁面にフン族の騎馬弓射の画が描かれていたのが印象的だった。一一世紀初めにハンガリー王国が成立し、形の上ではこれが二〇世紀の第一次世界大戦における敗北まで続いている。しかし、ハンガリー・オーストリア帝国時代は言うに及ばず、さまざまな戦乱にも明け暮れた歴史であった。ルーマニアは紀元二世紀初めにローマの領土となり、これがローマ人の土地という今の国名の由来である。ルーマニア人は古代のダキア人とローマ人との混血という説が有力らしいが、現在国民の九〇パーセント近くを占める。その後はアジアからのさまざまの遊牧民族が侵入し、また中世にはオスマントルコの属国になったり、ハンガリーのハプスブルグ家の支配の時期もあったが、一九世紀の半ばにルーマニア王国が成立している。宗教的には東方教会系の「ルーマニア正教会」が主流である。

まあ、古い歴史はさておいて、米原万理氏の書評にあった二冊の本は、二〇世紀の前半、第一次世界大戦後の、チェコおよびハンガリーのことに関係している。

トマーシュ・マサリク（一八五〇年―一九三七年）は第一次世界大戦後にチェコの大統領になり、一七年間、その地位に居た哲人的政治家である。彼はハンガリー・オーストリア帝国の瓦解の後、多くの異民族に囲まれながら一時は言語まで滅びかけた小民族であるチェコを、中欧で唯一の工業国でかつ高度な民主主義国家につくりあげた。この本は、彼の精神がどのようなチェコの伝統に基づいているかを、中世の宗教改革以前に遡って解説している。それは、マルチン・ルターよりも更に約一〇〇年前、一四世紀後半から一五世紀に生き、カレル大学の学長で宗教改革者としてカトリック教会から異端とされ火刑に処せられたボヘミアのヤン・フスの精神から説き起こしている。そして、それに続いての数々のチェコの精神的指導者のことが書いてある。それらは、コメンスキー、ドブロフスキー、ユングマン、コラール、パラツキー、ハヴリーチェクといった人たちで、いずれも全く私には初耳の名前の人たちばかりであった。こういう事実を知らされると、私の知識がいかに限定されているかを思い知らされた。たぶん余程の専門家でなければ、多くの日本人にとっても同様なのではないかと思う。これは、欧米の知識人に、本居宣長、荻生徂徠、石田梅岩、横井小楠、吉田松陰などという名前を知っている人が何人いるだろうか、と考えると、非常に少数であろうというのに類似している。

マサリクは若い頃からロシア文学に親しみ、三度にわたってロシアを訪問するくらいであった。しかし、彼の慧眼は、マルクス主義の非条理さを見抜き、ボルシェビキの行動を否定するものであった。

こういう人が、この小国から出て来たということは、やはり厳しい国際間で揉まれたからこそであり、日本での戦前からの左翼系の人々の一時期の熱狂ぶりを考えるにつけ、日本の政治感覚は所詮、実態を直接見ることがなく輸入された思想の典型であって、底が浅かったなあと今にしてつくづく思う。

もう一つの本は、原子物理学者にして優れた教育者であるジョルジュ・マルクス教授の本である（ハンガリー人であるから、訳者はハンガリーの記法に従ってマルクス・ジョルジュと記し、他の科学者たちにもその順序で書いているが、ここでは、慣れている西洋の人名のように、他の人も名前、苗字の順に記すことにする）。

第二次世界大戦の前後においてハンガリーからなぜ多くの天才的物理学者が多く出るのか、前々から不思議に思っていたのだが、この本でいくらかその謎が解けた。私にとっては、数学、原子核物理学などにおける、レオ・シラード、ユージン・ウィグナー、ジョン・フォン・ノイマン、エドワード・テラーなどのユダヤ人である（注二）。

これらの人々の先達として、重力質量と慣性質量の比例性とか、重力の測定などで僅かに私も記憶にあったローランド・エトヴォシュの存在が非常に大きかったことをこの本で知った。ハンガリーではこのエトヴォシュを記念して、若い青少年の間で数学や物理学において毎年エトヴォシュ・コンテストが全国からの応募者を対象にして行われているそうだ。多くの後の有名科学者はこのコンテストで、少年時代に一位、二位を占めた人々が実に多い。

この本では、私の知っている人を含めて、二〇人の突出した大部分、科学者のことが記述されている。彼らの多くは数学、物理学、化学などの自然科学分野であるが、その中には、科学者ではないがジョージ・ソロスのような有名な投資家である富豪も書かれている。

そもそも、この東欧諸国は、人種が交錯し、非常に自由な感覚であったために、ユダヤ人は非常に多かった。ポーランドでは三〇〇万人（人口の一〇パーセント）、ハンガリーでもナチス侵攻の前には八〇万人くらいいたという。ハンガリーの場合はこのうち四三万人がアウシュヴィッツへ送られ、他の多くの人がアメリカなど連合国側に出国した。

この本の訳者は経済学を専攻した人だが、その訳者まえがきの記述は非常に優れている。その記述によると、近代のハンガリーからユダヤ人が拡散したのは四回に及んだとのことである。第一回が第一次世界大戦後、ハンガリーがロシアに次いで二番目の社会主義政府になったあとである。政治学者のルカーチや作曲家のバルトークが政府の要職を占めたが、この革命は失敗しハンガリー人がかなり世界に散らばった。二回目はナチスによるユダヤ人迫害で、フォン・ノイマンなどが海外に移った。三回目は第二次世界大戦後、ソ連寄りの共産主義政府の樹立で、ビタミンCの研究でノーベル医学生理学賞のセントージョルジイやゲーム理論で経済学賞のハルシャニィが国外に逃れた。四回目が一九五六年のハンガリー動乱の後であり、カルボカチオンの研究でノーベル化学賞のオラーやINTELを興したグローヴが海外に脱出した、とある。

そして、私は初めて知ったのだが、ユダヤ人の戒律では土地を持つ事は元来禁止されているのだそうである。だから彼らは交易や産業に向かうことになり、産業革命以後、ユダヤ人の資産家は非常に増えた。これが一方で非ユダヤ人たちの反感をも醸成したとのことである。

なにしろ、この地域では、わずか千キロ以内に、アルバニア人、オーストリア人、ボスニア人、クロアチア人、チェコ人、ジプシー、ハンガリー人、スロバキア人、スロベニア人が住んでいると書かれてもいる。

これらの地域諸国の最大の艱難辛苦の時は、言うまでもなく戦後、ソビエト連合の共産主義の衛星国として、ロシアに実質支配された四〇数年間、あるいはルーマニアにおいてはその後半にあったチャウシェスク独裁時代であろう。

最初のソ連による弾圧流血事件は一九五六年にハンガリーで起こった。スターリンが死んで三年後である。民主化運動の機運が広がって民衆に人気のあったナジが再度の首相となったのだが、ソ連軍兵士が数万人やってきて暴動が鎮圧されナジは捕えられ二年後に処刑された。この時ハンガリー人は、一万人以上が殺された。次が一九六八年の先述のチェコスロバキアの「プラハの春」であろうか。

結局、ソ連からの脱却は一九八九年のポーランド、ワレサに代表される「連帯」の運動からで、選挙で八月に非共産党内閣成立、チェコは、同じ年の「ビロード革命」（注三）で共産党政府が崩壊、翌年に自由選挙が行われ、一九九三年、チェコとスロバキアに分離された（両者は別民族である）。プラハの春のドプチェクは殺されず、やがて彼は民主化後の、新生のチェコスロバキアの連邦議会の議長として復権を果したが、一九九二年自動車事故の後遺症で事故後ほどなくして亡くなった。

ハンガリーでも、一九八九年一〇月に複数政党によるハンガリー共和国が成立している。ベルリンの壁崩壊は一一月である。これらの国がやがて自由主義圏の国としてＮＡＴＯに加盟したのは、三国ともに一九九九年であり、ＥＵに加盟したのが、同じく三国ともに二〇〇四年である。

私が今でも印象的に覚えていることは、一九九九年、親しくしていただいたホイナッキ先生とキュリー夫人の生家の近くでビールを飲み交わして昼食をとった時、先生が「ポーランド人がまともな人間として生活を始めてまだ一〇年である。国民は勤勉であり優秀だから必ず復興する。その為に是非我々を助けて欲しい」と情熱的に語られたことであった。その時私は私自身ができることはしれているが何かお役にたてばと思ったが、数年前にＰＥＴの為のサイクロトロンがようやくワルシャワの重イオン研究所に設置され、近くの大学病院と提携して患者の診断に活用されている。私の講演はほんのちょっと役に立ったのかもしれない。ホイナッキ先生はその実現を見ることなく、その数年前に逝去された。

これらの三国より更に民主的改革が大幅に遅れた国がルーマニアであり、前出の本『ルーマニア・二つの革命　不毛な世代のわが体験』の著者ブルカン氏は、第二次世界大戦前から共産党機関紙の編集長代理を務め、後に駐米大使、国連大使を、一九六六年からブカレスト大学の教授で、またチャウシェスク時代の後で、一時は副首相にもなったジャーナリストである。

ルーマニアの近代の歴史は他の諸国に比べて甚だユニークである。著者の言う第一の革命というのは、第二次世界大戦のさなか一九四四年八月のことで、それまでルーマニアはドイツの同盟国で枢軸国の一員であった。ホーエンツォレルン家のミハイ国王が居たのだが、この時、ドイツよりの国家指導者アントネスク内閣に対して国王と共産党指導者が手を結びいきなりアントネスクを拘留し、ルーマニアの枢軸側からの離脱を宣言したのである。これはソ連の赤軍がルーマニアに侵攻しブカレストに迫っていたため、王制を含め体制側の運命が尽きかかっていたことが原因で、それを打開するためにはソ連との交渉のために共産党が必要であったということであったようだ。その頃からブルカン氏は反ナチスの地下運動に専念していた。この革命はさほどの流血事件もおこさずナチスドイツの敗退もあって成功した。その後は一九四七年に王の退位、スターリンやフルシチョフの指示のもとに共産党内閣が続いたのである。その間にながらく権力の地位にあったのはゲオルゲ・ゲオルギュ＝デジであったが、一九六五年に彼が死去した後を継いだのがニコラエ・チャウシェスクであった。

私は当時、新聞などでチャウシェスクはソ連に対する自主路線を追求するユーゴスラビアのチトーに似た政治家として脚光を浴びていたことを思い出した。

しかし、いつのまにか国民は非常に経済的にも悲惨な状態となり、彼自身冷酷な独裁者となり、自らは成り上がり者のような豪奢な生活を送り国民の怨嗟の的となっていった。ついには一九八九年一二月、デモによる民衆の反乱で、ヘリコプターで逃げだし、自動車を乗り継いだあげくに逮捕・拘留され、政府の要職を占めていた妻エレナとともに銃殺で処刑された。これが著者の言う第二の革命である。

その後は、民主的政府が発足し、ルーマニアがＥＵに加盟したのはブルガリアとともに遅れて二〇〇七年である。第一および第二のそれぞれの革命の記述は、著者がジャーナリストだけあって、非常に臨場感に溢れた記述で、それをめぐる多くの人々の行動を事細かに記していて、決定的場面での描写はまるで映画を見ているようであった。

いずれにしても、これらの諸国が経験してきた、特に二〇世紀後半の歴史は全く多事多難であり、よくここまで頑張って来たなあという感慨を覚える。日本は、源平時代、戦国時代、幕末維新時代などに幾多の戦乱があったといっても、それはほとんど国内の同一民族内の部族、血族あるいは諸藩の間の戦いであったのに比し、これらの国々は幾多の外国からの民族が入り乱れる戦いであって全くスケールが異なる。

東欧というが、これは東西冷戦の結果の呼び方であり今では中欧、あるいは中東欧といった呼び方が定着しているらしい。多くの民族が交差した歴史を背負ったこれらの国々が今後とも、民主主義国家として豊かな生活に進んでいくことを希望したい。

注一、　神聖ローマ帝国内で起こったハプスブルグ家への新教の反乱が契機になって断続的に三〇年間続いた宗教戦争。国家間の勢力争いもからんでヨーロッパのほぼ全ての国がこれに参加した。

注二、　レオ・シラードはアメリカの原爆開発をアインシュタインに呼びかけ、これが決定的モーメントとなった。しかし、開発が進んで、対日戦で使用しようとした時は猛烈に反対運動をするという、一見複雑な行動をした。発想が俊敏で行動力もあった特異な物理学者である。（自著『志気』内、村上陽一郎『科学者とは何か』で記述）

ユージン・ウィグナーは原子核理論で、対称性の議論を進め、一九六三年ノーベル物理学賞を受賞した。

フォン・ノイマンはコンピューター、あるいは複雑系の物理の開発者の一人。圧倒的な頭脳の明晰さで、冷戦時代にアメリカのいくつかの戦略的委員会の議長を務め、政府に最も影響力のあった数理物理学者。（以上、二人は自著『自然科学の鑑賞』参照）

エドワード・テラーは「水爆の父」と言われた物理学者である。

注三、　一九八九年秋の、チェコで共産党支配を脱した民主化革命が、学生を中心としたデモなどにより、流血を伴わずに行われたため、このような名前で呼ばれている。それ以前に東ドイツの人々がどっと避難してチェコにのがれてきていたが、東ドイツのホーネッカーの失脚とともにチェコはその人々を西側に流す方針で臨み、これがベルリンの壁崩壊に大きな役割を果たした。

中国の指導者、胡錦涛と習近平

これからの日本の世界における立場で、もっとも重要な外国は中国ではないかと思う。共産党の一党独裁で唯一の大国かつ隣国である中国、他の諸国と全く異なる中国に如何に対処するか、この問題は今後の日本にとって最重要課題ではないかと思う。

その中国の政治の現代の体制を多少理解するために、『胡錦涛　二一世紀中国の支配者』（楊中美・趙宏偉著、青木まさこ訳、日本放送出版協会、二〇〇三年）と『習近平の正体』（茅沢勤著、小学館、二〇一〇年）を読んでみた。前者の著者は中国人だが、共に一九八〇年代に来日し楊氏は日本の立教大学を卒業後、博士号を取得し、ハーバード大学研究員を経て、出版当時は横浜市立大、法政大学の講師、趙氏は東京大学大学院で研究、博士号を取得し、法政大学助教授として、二人とも日本で働いている。翻訳とあるから原著は中国語で書かれていると思われる。後者は、逆に中国北京語言語学院に留学した日本人で、帰国後、新聞記者として働き、米国ジョージタウン大、ハーバード大に留学した経験を持つ中国問題の専門家、ジャーナリストである。両書とも、今となっては多少古いのだが、中国の共産党一党支配の政治システムが具体的にどのようなものなのか、そしてその中で彼らがどのような過程で権力者となっていったかが詳細に描かれていて興味深かった。

中国は、五年に一度、党大会（中国共産党全国代表大会）を開く。ここで新しい党中央委員会を選出し、これが権力の再構成の場となる。ここに向けて各政治勢力は、しのぎを削る。一九九七年は第一五回大会であったが、江沢民が党総書記で、胡錦涛はその五年前の第一四回党大会で、鄧小平から推薦され、党中央政治局常務委員の七人の末端に四九歳で加わった。それ以来、やがて彼は党務と党人事を担当する立場になった。これは、彼にとって実質的に後継者に指名されたも同然であった。

立法機関である全国人民代表大会（全人代）は国会にあたるが、これは、約三〇〇〇人で、毎年一回開催される。各区の人民代表大会および人民解放軍から選出されるが、候補者は中国共産党から指名されるのでいわば翼賛議会であって、実質的に何の決定権も持たず、満場一致の儀式に過ぎない。

もう一つ重要なる職務は、軍事委員会主席であって、これは総書記であってもこの軍事主席の地位を獲得しなければ最高指導者の権力者となったとは言えない。毛沢東は死ぬまで党主席（その後総書記と名前が変わった）と軍事主席を兼任していた。鄧小平が総書記を手放してもこの軍事主席の地位を手放さず、党総書記は自分が指名した後継者、胡耀邦、趙紫陽、江沢民に担当させて、党の長老として最後まで実力者であり続け、絶対的影響力を持ち続けたのは、そのような事情による。

抗日戦争、共産党立党の英雄である毛沢東を第一世代、鄧小平を第二世代、江沢民が第三、胡錦涛が第四、習近平が第五世代と考えるのが、整理しやすいようだ。というのは江沢民が在任中に、総書記の兼任である国家主席の七〇歳定年制及び三選禁止を通したため、だいたい総書記は二期一〇年で交代というのが、流れになったからだ。これはそれまでの長老支配を破る大変革であった。現在、二〇一二年の第一八回大会で習近平が総書記となり、次の二〇二二年まで（彼はその時六九歳）彼の時代が続くと考えるのが一つの見通しである。

この二つの本で、前者は、胡錦涛の若くからの経歴が記述されている。胡家は明時代からの名家であるが、清の時代には茶葉商人となっていた。小業主といういわば平民であった。彼は一九四二年上海で一人息子として生まれ、母は二人の娘を生みその産後が悪く衰弱して七年後に亡くなった。

彼は、理系のテクノクラートといった感じで、それまでの権力志向の政治家と違うサラリーマン的な雰囲気だと私は思っていたが、その経歴を読むと、やはりそれだけの地位に昇った実績があることが解った。彼は、高校時代から共産党の政治活動に参加し、共産党青年団への参加申請書をだしたが、小業主という出身階級が響いて、入団は許可されなかったという。

大学受験は、中国の超一流といわれる清華大学を志望したのだが、水利学部を受験したのは、教師が「君の出身階級では人気のある学部は無理だろう。人気のない学部を選んだほうがいい」という助言を受けてそうしたという。またその頃、中国は水力発電に力を入れ、次々と建設をしている最中だった。

彼は一部屋に四つの二段ベッドがある学生寮で八人一緒になって六年間を過ごしたという。しかしこれは国民に比べれば、はるかに良い待遇だった。というのはその頃中国全土は大飢餓状態に突入していたからだ。そして彼は入党を目指してひたすら共産主義文献を読み、また共産主義青年団の指導による大学文化工作団の活動にも熱心に取り組み、歌やダンスが得意で、指揮者にも選ばれたという。彼の持っている都会的雰囲気は学生時代からのものであったらしい。大学入学五年にして、一九六四年彼は漸く入党を果たした。

この頃が毛沢東による「幹部、知識青年の下放」の時期で、一九六八年末に胡錦涛は黄河上流の甘粛省の省都である蘭州に行き、水利局に所属し、やがて支局党委員会の秘書にもなった。

中央では、一九六六年に毛沢東が文化大革命を発動し、四人組の跋扈があり、一九七六年に彼らが逮捕され、鄧小平が復活し、胡耀邦が鄧小平の下で、新しい指導者となるべき若手の発掘を目指していた。

甘粛省でもその動きで中央から派遣されていた宗平が、胡錦涛に目をつけ、彼の推薦で、胡錦涛は一九八一年に北京の若手幹部訓練コースである中央党校に入学したのである。翌年の第一二回共産党大会で、彼は党中央候補委員に選ばれた。そして家族を呼び寄せ、約一四年間の地方生活に別れをつげ、中央政界で活躍することになったのである。

この本では、胡錦涛の生活の動きと共に、背景の戦後の中国共産党内の凄まじい権力闘争が簡潔だがかなり詳述されてもいるので、頭の整理に便利であった。毛沢東時代の劉少奇、林彪、周恩来、文化大革命での四人組、そして彼らの没落、一旦その資本主義的政策で罷免された鄧小平の復活、彼が起用した胡耀邦、趙紫陽の民主化改革勢力に対する軟弱さに業を煮やした鄧小平による彼らの罷免、天安門事件、その他、私が新聞などで上っ面しか知らない数々の事象が一通りかなり詳しく記述されている。もっとも、こういう事件の本当の真実は、統制のきいている一党独裁の国のことだから、どこまで正しいのか、本当の歴史はいつ明らかになるのか、解らないものではあろうと思いながら読み進めた。ただ著者は政治学の研究者なので、書きぶりは平明で中身は信用できるのではないかと感じた。

この後は胡錦涛のいわば出世物語でもあるのだが、一方で彼が将来の幹部となるためには地方でのトップとしての実績を積む必要があって、貴州省党委員会の書記になって活躍するうちに、恩師の胡耀邦が、民主化を求める百ヶ所以上の大学での学生運動に弱腰であったということで鄧小平によって一九八七年に失脚するということもあり、中央に残った彼の競争相手の王兆国などはそれに和して胡耀邦批判を行ったのであるが、胡錦涛は、そのような言動を誘われても、一切拒否して貴州の統治発展の活動に集中した。このような言動をみていた鄧小平は、王兆国を左遷し、胡錦涛に注目するようになったという。貴州大学では学生暴動が起こったが、これを胡錦涛は学生との対話ですばやく解決に導いた。

一九八八年、今度は彼はさらに政情不安なチベット自治区の党委員会の書記に任命された。ここでは、チベット独立運動による暴動も起こった。この時彼は軍服・ヘルメット姿で戒厳令を敷き、武装警察を主体とした武力弾圧を発令し、これは二日間続けられて、多数の死者、負傷者が出て、ついにはチベット人側は降伏した。その後も彼は手を緩めず戒厳令は四九〇日も続いたという。

これらの実績が評価されて、彼は一九九二年の第一四回党大会で党政治局常務委員の末端七番目の序列に並び、江沢民総書記以下、他の委員に比べて圧倒的に若い四九歳で、既に述べた如く次期総書記の地位を約束されたのである。しかしライバルが居なかったわけではない。江沢民の上海閥の子飼いの側近、高級幹部の子弟である曽慶紅などは最右翼だったようだし、後の首相になった温家宝もいたが、鄧小平の推挙で自ら総書記になった江沢民は、胡錦涛にはその実力を認めざるを得なかったと見える。胡錦涛は、自分の仕事に対する積極的な姿勢と、担当以外のことには口を出さないという慎重な姿勢を貫いたという。また、その後、胡錦涛は、いわゆる汚職、請託の温床であった軍閥ビジネスの徹底停止に向けて、朱鎔基首相（注一）の委託を受け、功績もできて軍に対する統制力も身につけた。

中国の政治家、役人などの選抜はいかに行われているか。これは胡錦涛が江沢民の下で一九九六年に実務の最高責任者であった時の記述があって大要が解る。それによると、党中央規律検査委員会、人事省、監察省などの機関から多くの人間を集め、人事グループを七二チームに分け、中央、地方、軍隊へ派遣し、党大会代表、党中央委員会と規律委員会の委員候補者を考査したとある。考査対象は併せて一万六千人、多くの党長老や実力者の推薦を受けたものも多く含まれていた。各考査チームは候補者の身上を調査し、同僚や部下たちの意見を聞き、本人一人ひとりと面談して調査結果を報告書にまとめ胡錦涛に報告した。彼は入念に報告書を読み、説明を聞き事実を確かめてから候補者を選別した。これは逐次、江沢民および中央政治局常務委員会に報告したという。そしてこの時、第一五回大会の三四四名の党中央委員と党中央候補委員が決定され、平均年齢は五五・九歳、第一四会大会より、僅かだが若返った。基本的に選挙のない中国はこんな人事を行っているわけで、著者も再三述べているのだが、中国は人治の国（実力よりもコネがモノをいう社会と言う表現もされる）であるという訳である。

次に、七年後に出版された、習近平に関する本に移る。二〇〇七年の第一七回党大会で胡錦涛は常務委員九人の中に、若手の習近平、李克強の二人をこの順番で発表した。これは、習近平を次期総書記に決めたことに相当する。この本の発行時点では、彼は未だその席についていないが、次の二〇一二年の第一八回党大会で彼はその筋書き通りになって現在、総書記となり、李克強は首相となっている。

この本は、著者がジャーナリストなので、書き方に迫力があり、主観的であるがより生々しい記述でである。まず最初のプロローグで、なぜ習近平が次期ナンバーワンになったか、その周辺の動きを通じての政争の過程を具体的に描いている。

党大会の七ヶ月前に習近平は上海市党委書記に抜擢されたがこの間の事情が細かく書かれている。これにはかつては江沢民の懐刀と言われた曽慶紅が江沢民が胡錦涛に総書記の座を明け渡したにも拘わらず軍事主席のポストは手放さなかったのに批判的になっていて、それ以前に胡錦涛に接近していた。胡錦涛は軍権を奪取しようとして、江沢民の息子が巨額の賄賂を受け取っていたとしてそれを逮捕するということで軍事主席辞任を迫ったという。江は曽を頼りもみ消しを図ろうとしたが、曽は軍事主席を辞任すれば「何事もなかったことになる」として彼に引導を渡したとある。

続いて上海市トップの陳良宇が職権濫用で巨額の賄賂を受け取り、国家に約三〇〇〇億円の損害を与えたということで逮捕されそうになった。実はこれは表向きで実際は陳が政治局会議で温家宝首相のマクロ経済調整政策を批判し「上海はあくまでも経済成長政策をとる」と主張し、席を立って上海に戻ってしまったことに端を発したという。これに苦慮した胡や温が、汚職を口実に陳を逮捕するという措置を断行したという。常務委員会では上海閥の三人は反対し、温ら三人は賛成、ここで副主席であった曽は上海閥でありながら棄権をし、議長の胡が賛成し起訴が決定した。これを聞いた江は曽にたいして激怒した。次の第一七回大会を前に彼は曽に対して引退要求をした。曽は既に引退を決意していて、代りに上海市トップに就いていた習の次期総書記含みの常務委員会入りを要求、また引退が決まりかけていた他の二人の上海閥の常務委員の留任を提示し、江はこの構想を了承したということになったという。曽は江とは違って肩書きにはあまり欲はなくその後悠々と引退したという（注二）。

また、胡錦涛は、もともと同じ共産党青年団出身の李克強を上海市のトップにしたかった。腹心中の腹心である彼に経験を積ませれば、やがて次の総書記にもできると考えていた。彼は北京大学出身で、大学時代もトップで、英語が得意で翻訳書もあるくらい、ハーバード大に留学しようかと思ったこともあったらしいが、学生時代に共産党青年団の代表委員にも選ばれ、国内幹部の道を選んだ。彼は河南省や遼寧省のトップとして順調に昇って行き、胡錦涛の直下で、政治エリートの道を驀進したが、友人たちの評価は「彼は野心家で、権力志向」と人望はなかったようだ。統治下の住民にとっても習近平はよく面倒を見てくれることで信望があったのに比べ、李克強は秀才ではあるが、住民に慕われるようなことはなかったらしい。そして習との序列競合の時は、李に対する上海閥の抵抗が凄く、彼が河南省や遼寧省時代、数多くの災害や事故の対策が後手に回った事実を指摘し、中央からの意向ばかり気にして、上からの指示がなければ動かないという李の体質を痛烈に批判し、これが響いたという。

著者は、もう一つ、習を推した曽と李を推した胡の性格の差があったという。胡は優等生タイプで、江に仕えた一〇年間、江に逆らったことはない。一方の曽は上海閥の大番頭であったが、最終的に江の意向に反して独自の道を選んだ。こういう場合、地位に拘泥しなかった曽のほうが、勇気があり人間としてスケールが大きいと私は感じた。

こんな記述を読むと（陳の事件など他の解釈もあるようであり、著者の理解が正しいかどうか疑問も残るが）、確かに私が経験した研究所でも同じような両者の性格に類似した持ち主がいたし、彼らの人生の生き方はそれぞれ異なっていた。胡錦涛のいかにも能吏といった俊敏な感じ、一方、人間的深みがあまり感じられず、何となく人間としての小粒な感じなどは、はなはだ表面的な把握に過ぎないが、まさにその性格のよってきたるところであろう。

習近平というと、すぐ彼は太子党であると言われる。この太子党というのは、父が革命以前から共産党で功績のあった人で、その子孫（息子）であると言う意味である。彼の父、習仲勲は彼が生れた一九五三年、（胡錦涛より一一歳若い）党中央宣伝部長、やがて周恩来首相の下で副首相にもなって活躍した。これは有名な共産党の長征（一九三四年〜三六年、国民党の蒋介石に追われ、江西省瑞金から一二五〇〇キロの長い距離を歩き続け陝西省延安まで辿りついた行軍）の以前に、彼は既に延安の共産党幹部であったことが出発点であった。しかし、習近平が九歳の時、父は特務機関の最高責任者である康生の讒言により副首相を解任され、毛沢東と党に反対する大野心家としてその後一四年間投獄された。文化大革命当時は紅衛兵からブルジョア腐敗の反革命分子として批判され、妻の斉心も河南省の幹部再教育機関に下放され、労働による思想改造を強制された。一家は離散し、習近平は悪党分子の子供として、一五歳にもならない時に「自分の罪を反省しろ」と周囲から批判され、約五〇〇〇人の知識青年とともに、北京から地方に旅立ち、陝西省延安に下放されることになった。

このことによって習近平はその青年時代に人間の薄情さを身をもって知ったという。習近平の、胡錦涛に比べての表面的な暗さはこのような、若い時に父母に対する政敵の策略を身近に経験し、ある種の人間は全く信用できないというような不信感が根深いからなのではないかと感じる。

彼は熱心に勉強し、共産党入党を目指したが、ブルジョア腐敗分子・習仲勲の息子として申請はいつも村の党幹部に握りつぶされていたが、一一回目で、上部の党委員会に提出され、一九七四年、二〇歳で入党がかなった。

やがて熱心な仕事ぶりで村の大隊書記（実質的に村長）ともなった彼は延安地区に割り当てられた清華大学の二人分の入学枠を利用して七年間の下放生活を終えて北京に戻り、一九七五年に中国第一の大学に入学することになる。

そして卒業する一九七九年の頃には父の習仲勲も名誉回復され、父は四人組を逮捕した軍部の葉剣英の推薦で彼の基盤である広東省の党書記として赴任し、中国南方の、福健省廈門、広東省の深圳、珠海、汕頭の四ヶ所を経済特区とする鄧小平の政策の実現に取り組むようになり、後に「経済特区の祖」とも呼ばれるようになったという。この頃から、香港をはじめ日米など海外からの資本を大量に投入し、中国の経済での開放政策、資本主義経済の導入も本格化してきたわけである。

習近平は一旦副首相の秘書にもなったが、ここで地方の幹部となって自らを鍛える道を選び、河北省の党委副書記を皮切りに、福健省廈門の副市長、同省の貧困地帯寧徳地区の党委書記、浙江省の党委書記、そして上海市と二五年間、地方で政治感覚を磨き、政策上の功績も上げ、人脈も幅広く培った。若手幹部の中で彼ほど地方経験の長かった者は居ないという。

こういう点で、胡錦涛もそうだったが、若い時に公僕の気持ちでひたすら身近の問題に集中し行政経験を積んでいって、時の権力者とは離れた立場で地道に勤めて来たというのは、好感を持てるし、政治家の訓練として非常に良い慣習だと思う。日本の政治家のように、常に中央で政争の中に居て、折りあらばと派閥の中の人間関係でのし上がろうとする多くの政治家とは全く異なっている。そして具体的な事象のなかで、官僚として豊富な行政経験を経ると言うのは、一般人への共感も地についたものになるだろうと思われる。

彼の場合、党・政府幹部の親を持つ太子党であったこと、彼らが幼い頃から北京の中南海（要人の居住区）の幹部子弟を集めた学校に通っていたなじみであったこと、彼らが習と同じように地方に下り、やがて幹部として出世していったことが、ゆく先々で、有利に働いたようである。

劉少奇の長男、軍事科学院のトップになっている劉源は三歳上で親しく、福健省では父の習仲勲を慕う項南が彼を迎え、特に上海での曽慶紅は、やがて党組織部長を務め、習近平が兄と慕う存在であった。結局彼が前述したように、習近平をトップに押し上げる画策をしたキングメーカーとなったようである。

習近平の赴任した先々でも、さまざまなる汚職事件が起こり、幹部が摘発されたが、彼はそのような事件に一切関与しなかったことで、人々の信頼を集めた。この頃、鄧小平が始めた開放政策で私企業の増加は著しく、習近平のいた浙江省では、二〇〇四年には三〇万社、個人商店は一五〇万に及んだという。そこでの五年を経て彼は、二〇〇七年江沢民のお膝元であり中国第二の大都市である上海市の党委員会書記というトップに据えられた。この間の事情は、プロローグの紹介のところで既に述べた。著者はここでは、周りは敵ばかり、習近平は行動に慎重のうえにも慎重、市の八〇〇平方メートルもある洋館の公邸を断りマンションの一室に住んだ、この面積は二五〇平方メートル以内の党規定に違反していたからだった、また専用車、専用列車も断り、会議でも事前に用意された原稿を読むだけで発言も、生彩もなかったが、誤りもなかったと評されたと、書かれている。彼も上に上がるにつれて、堅実さを増し、行動も慎重そのものになって行ったわけで、これが総書記江沢民に評価されたという。

ただ、それまでも、それ以後も激しい各派の派閥抗争があって、大変であったようである。太子党、上海閥などの地方閥、彼らが働いてきた地方のそれぞれの地方閥（福建閥など）、清華大学閥、北京大学閥、中国人民解放軍、共産党青年団、あるいは石油閥など、胡錦涛の押す李克強と、江沢民が気に入った習近平との権力者への競争は、党大会まで続いた。結局その年の第一七回党大会で両者とも政治局常務委員となり、序列で習近平が李克強を抑えて、次期最高指導者の地位をほぼ掌中にしたのだった。

この本には、それに対する経過も詳しく書かれているし、彼の妻、中国歌劇団の華やかなスターであった夫人との恋愛話もあるが、今は省きたい。

中国で問題になりやすいことの一つは、上級幹部のファミリービジネスであるらしい。習近平の場合も弟の習遠平や姉の齊橋橋は事業家だが、黒いうわさがあるとか、胡錦涛の息子も親の威光でビッグビジネスで莫大な利益をあげているとか、もみけされたが、江沢民の息子の汚職もあったし、温家宝首相の長男も株取引で巨利を得たという話である。妻も宝石関係で汚職にまみれ、温はやむなく離婚したという。ただ、著者は中国要人の私生活は公にされることがなく、いずれも噂の範囲を出ないが、金にまつわる黒い話しは絶えることがないと述べている。

その後、この本では、江沢民と同じように、胡錦涛が総書記をおりても軍事主席の地位を確保しようとして、いろいろ画策して影響力を残そうとしているとか、それに対する習近平側の争闘など、両者のつばぜり合いといったことがいろいろ書いてあるが、二〇一二年に習近平は総主席と軍事主席の双方を兼ねているので、彼が最高権力者になっている。さらには習近平の次を睨んだ若手の登用についても両派はいろいろ争っているということが、期待される候補者の固有名付きで、縷々述べられている。

最後にエピローグとして習近平の性格についての著者の印象が述べられている。彼はインタビューが嫌いで、自ら一〇〇回以上個人取材を断っていると言っていて、自分から自己宣伝するのではなく仕事で人民に奉仕するのがあるべき姿であるというのが信条であるとのことである。中国では政治家は官僚であって、優秀な官僚が一般に訴えることなく権力を握っていくシステムであるから、それでよいのだろう。一方、彼は情誼に厚く、病気の親友を援助したり、見舞いに訪れたり、引退した老幹部の余生の面倒をみたりと人情話は枚挙に暇ないとも書かれている。

一般に、日本でも官僚は政治家と違って、公僕として黙々と仕事をする本来地味好きな人が多い。それに比して政治家は選挙で勝たなければ活躍の場が与えられないので、大衆の前では演技も必要、いつも自己宣伝をしなければならないので、職業的特性がまったく異なっている。

ともかく選挙のない中国では、人縁が全てであり、いかに上司に評価されるか、気に入られるかが最終的に地位を決定するので、われわれ自由主義の世界でのシステムに慣れて来た者にとっては、競争は実に陰湿に見える。しかも、この構造は、権力を巡る上部だけでなく、下部の末端まで貫かれているに違いないから、これが職場においても、膨大な件数の汚職につながり請託が絶えないということであろう。

ただ、このような点では、ここに取り上げた二人は、非常に慎重で、守備の堅い人に見える。特に習近平は若い時から父がこういうことで犠牲になって苦渋をなめたのを知るだけに、人間関係では、非常に注意を怠らなかったように見える。一方、現役の権力者を描いているので、両者とも全く失敗もない、いかにも官僚といった体質に見えるのは、こういう本の限界であろう。政治家であってもユーモラスな言動がまったくない人間なんてありえないと思うのだが、そういうことは一切出てこない。この点でも習近平は茫洋としたところが性格かもしれないが、心からの笑いといった表情の写真がまったくなく、いつも油断なく周囲を見渡しているようで、考えようによっては気の毒な人といった印象がある。世界の人口大国でありながら、ほかの諸国に比べて全く異なる政治体制である中国を背負う緊張感であろうか。

これに比べると選挙があり、民意に訴えないといけないアメリカや日本その他の民主主義国家の政治家は、多かれ少なかれどうしてもポピュリズムの要素を持たざるを得ない所が、本質的に著しい違いである。アメリカの大統領選挙の様子などはその極端であり、候補者のイメージアップの為に、多くの専門家が、一年かけて主演俳優の演技をサポートする。無駄も多いが、自由を求めて、中国から外国へ亡命する人は居ても、アメリカから中国へ移ろうとする人なんかまず居ない。やはり、人間にとって、言論の自由というのは、至上のものであろう。

注一、　この本では、あまり取り上げられていないが、朱鎔基は、両親を早くから亡くし、苦学して清華大学を卒業、政治家になった人で、毛沢東の政策を批判して失脚したりしたが、清廉で決断力と指導力に富み、多くの人から尊敬され、国外から高く評価されている。その大胆な経済改革で、海外のメディアからは「中国のゴルバチョフ」とも呼ばれたようだ。政敵を作ってでも必要な経済改革を推進するという強い意志の持ち主であり、中国国内では畏敬の念を持たれた政治家であった。

注二、 私は、この本を読んで、この曽慶紅というあまり有名ではない政治家に、非常に人間としての豊かさを感じた。自ら言うべきことは毅然として主張し、自らの立場には恬淡と身を処したのは、素晴らしい。

曽慶紅

曽慶紅は、肩書きにはこだわらず、実権さえ握っていれば良いという考え方を持っていたというが、江沢民の補佐役に徹していたように思う。そして、絶対に上司に反対意見などは具申しない官僚的体質の胡錦涛と異なり、江沢民に対しても自らの異論を遠慮なく述べていたと言われる。

これは、日本では、石橋湛山がこのような点で傑出していたが、がちがちの権力志向が強い政治家が多いように見える中国にもこのような政治家がいたということである。

人口減少、高齢化問題

最近、日本では、この問題に関する議論が盛んになっている。

一方、世界の人口は増加しつつある。現在、世界の人口は約七二億人であり、一年に七〇〇〇万人づつ増えているという。国連統計を調べてみると二〇一五年一〇月で、人口の一位は中国であり約一三億七六〇〇万人、二位がインドで一三億一一〇〇万人、この二国が断然他を引き離している。三位がアメリカで三億二〇〇〇万人、あとはインドネシア、ブラジル、パキスタン、ナイジェリア、バングラデシュなど後進国が続き、日本はロシア、メキシコに次いで一一位で、一億二六六〇万人である。先進国ではドイツが一六位で八一〇〇万人、イギリスが二一位で六四七〇万人、フランスが二二位で六四四〇万人である。

中国は、毛沢東の人口増加奨励策のもとで、一九六〇年にこれに警告を発した北京大学の学長が罷免されたが、その後、生産が人口の増加を超えることなく国の実質成長がなされていないことが明白になり、毛の死後三年の一九七六年に一人っ子政策が採用され、以後これが国是となっているが、それでも現在毎年七〇〇〇万人の増加となっている（注一）。インドは毎年一六〇〇万人の増加で今のままでは間違いなく中国を追い越すことになる。アメリカは移民があるからであろう、毎年二〇〇万人の増加。

こういう中で、唯一日本は二〇〇九年に人口減少に転じた。毎年約二〇万人づつ減少している。先進国の中ではドイツ、イタリアがほぼ横ばいで、イギリスは毎年四〇万人、フランスは三〇万人の増加国である。イギリスの増加は移民によるものが半数以上を占め、伝統的にインド、パキスタンそして最近はポーランドからの移民が著しく増加しているようだ。

フランスは、私が一九八〇年代に二年間滞在した時は、合計特殊出生率が非常に低かったのだが、その後、高額の児童手当などいろいろな出産奨励政策でこの率が高くなってきて、現在では西ヨーロッパでは最も高いグループの一つである。

さて、日本における問題だが、人口減少を是とするか、非とするかで、議論は分かれる。将来人口の予測では、今から四〇年後に人口は一億人以下となる。日本のマスコミは他のすべての問題の扱いと同じように、これは大変なことになり、日本の将来は暗いという記事ばかりを書いている。

何と言っても労働力人口の減少により国民総生産が年々減少し、日本全体が貧乏国に転落する。また、成人男子の非正規雇用が増加し、結婚できない若者が増え、ますます人口減少を加速化する。労働人口が減少するだけでなく、若者は将来の年金があてにできず、不安定な心情に陥っている、というような内容である。まあ、ジャーナリズムというのは、時の権力を在野にあって批判するのが基本的な役割なので、そうなるのは自然であるが、見る方はその職業的立場を知った上で、冷静に対処しないと、馬鹿を見る。その上、なにしろ、彼らの大部分は人生経験が我々よりはるかに浅く、しばしば一面的な論調で記事を覆い尽くす。

WHO（世界保健機構）の二〇一五年版では世界の二〇一三年の各国の平均寿命が発表されていて、男は日本は三位グループ一〇カ国の一つで八〇歳、女は一位で八七歳、両方の平均では八四歳で単独一位である。国連では、人口に占める六五歳以上の割合が、七〜一四％を高齢化社会、一四〜二一％を高齢社会、二一％以上を超高齢社会と定義しているそうだが、戦後のベビーブーム世代が高齢者に参入したことで日本はこの率が二四・一％、文句なしの世界ナンバー一の超高齢社会になっている。四人に一人が高齢者なわけである。これらの高齢者を年金扶養するために、一人の高齢者を四人の現役労働者が負担していて、二〇三五年には三人が負担するようになるという見通しだとのことである。

これに対し、政府は今も成長戦略一辺倒であり、過去の高度経済成長の夢を追い続けているように見える。もっとも政治家の立場から言えば、国民の活力を維持するためには、精神を鼓舞する必要があり、これは表向きの姿であるだけかもしれない。

考えて見れば、明治維新以来、西洋に追いつけ追い越せの富国強兵策で日清、日露戦争に勝ち、図にのって第二次世界大戦で国土は焦土と化し、今度は必死で戦後の復興を果たし、世界では驚異と思われる経済成長を遂げ、名目ＧＤＰでは世界第二位の地位を獲得した。二〇〇九年に中国に抜かれたとはいえ、現在三位である（注二）。このように刻苦精励の歴史を持ったわが国は、ともかく世界で有数の豊かな国となっているのである。その精神構造を持っている国民としては今後とも停滞、安穏は考えられないというのが、政治家のセンスであろうか。

今から、約四〇年前、ユダヤ系オーストリア人、自らを社会生態学者と称したピーター・ドラッカーは『見えざる革命　来たるべき高齢化社会の衝撃』（佐々木実智男、上田惇生訳、ダイヤモンド社、一九七六年）を書いた。彼は出生率の低下と平均寿命の向上、人口構造の変化は他のどのような政治における革命よりもはるかに大きい革命である、と述べている。

私はこの本を父の蔵書の中に見つけ（父は出版の翌年に読んでいる。）私の読書録によると、二〇〇九年に読んでいた。しかし、当時の興味の外であったので、すっかり内容は忘れていたのだが、あらためて再度読んでみた。

この本は基本的にアメリカのことを論じていて、アメリカは年金基金社会主義というのが現実であるという主張がされている。私的年金基金を通じて、被雇用者（他人に雇われている労働者）は少なくとも全産業の株式の四分の一を所有しているという。ちょっと解りにくいのだが、企業の年金基金が将来の従業員の定年の為に用意されていて、それが運用のために銀行に預けられている。銀行はそれを株式に投資していてそれが全株式の二五パーセントになっているということらしい。この退職後の高齢者の増加により、この負担でアメリカは将来、大きな問題をはらんでいるのだが、誰もこのことに注目していないというのが、彼の言いたいことである。それ以外、社会保障年金とか地方自治体の公務員年金とか、労組年金などさまざまなる年金の問題が論じられている。

もっとも四〇年経った現在、実際にアメリカの年金がどのような状況になっているのか、株式がどういう風にシェアされているのか、私はよく解っていないし、マスコミでそれほど大きな問題になっているようには見えない。また、本来、私自身そういう問題にそれほど興味はないので詳細に調べる気はしない。

ただ、この本の日本語版によせたドラッカーの序文では、アメリカの人口構造の変化は著しいが、このような変化は、他のいかなる国よりも日本においてもっとも顕著である、とこの時点で既に指摘している。この序文では、一九七〇年後半に日本が将来直面する問題を述べており、それを日本がどう乗り越えて来たかを振り返るのに好都合な記述が並んでいるので、彼の文章を振り返って見る。彼がいかに的確に日本の状態を理解していたかが良く解る。普通は彼は「経営学の神様」とも呼ばれていたが、私はドラッカーは凄い未来予測を持った学者だったと思う。

この時、欧米ではだいたい定年は六五歳であるが、日本では五五歳だった。これは昔からの国民の平均寿命を反映しても居たのだが、ドラッカーは日本の長寿命化は著しいし、人口構造の変化は世界でもっとも目覚ましいと述べている。もはや平均寿命は欧米に追い付いたから、退職年齢を過ぎた高齢者人口の形成もきわめて短期間に行うことになる。また日本はいかなる欧米諸国よりも大幅に出生率が低下した。就業者と高齢退職者の比率はアメリカなどより、はるかに悪化しつつある。また高等教育を受ける者の数は、いかなる国よりも急速かつ大幅に増加している。一九五〇年代、高校へ進学する者は半数以下だったのが、今ではほとんど全員が進学している。

彼は、日本の場合、ほぼ学歴によって職歴が決まってしまい、中卒は肉体的あるいは半熟練的な仕事、高卒は事務的仕事、大卒は管理的な仕事や専門的仕事に就く。高等教育の普及ということは、肉体的労働力となりうる若者の数はいっそう不足してくるということであると述べている。

過去二五年間において、日本の経済成長の主たる原動力は生産性の向上であった。そしてその向上のかなりの部分は、純粋な生産性の向上とは別に、就業者人口の若返り、新規若年労働者の増加の結果であった。ベビーブームと農村から都会への若者の流入によるものであった。しかし、これからは、同様なことは期待できず、人口構造の変化が日本を変えていく。

しかし、日本はこの変化に気付いていて、通産省は、日本は単体の輸出よりもプラントの輸出、肉体労働力による製品より、経営管理と技術による製品に力を入れるべきだと主張している。しかし、それだけでよいかというと疑問であり、肉体労働者の外国からの移入は、長年の経験のあるヨーロッパでも種々の問題を惹起しており、そういう経験のまったくない日本がうまくやれるとは思われない。

結局、彼は、五年か一〇年先には日本は主に東南アジアに工場を輸出してその工場から製品を輸入するという方策を取らざるをえなくなるに違いないと言っている。このことが日本にどのような意味をもたらすかは、容易に想像できないが、ともかく日本の変革はこれから激しいものになるであろう、と結んでいる。私はこれを読んだ時、ドラッカーは凄い人だなと感じた（注三）。それは正に多くの日本の企業が辿っている現実である。およそ、過去、あるいは現在のことを詳細に分析する経済専門家は日本に腐るほどいる。しかし、将来の見通しを的確に述べる人はほとんど居ないのである。

そして、この本で日本の読者がアメリカの現状を知ってもらうことは将来の日本を考える上で、有益であると確信していると書いている。さすがに経営学の神様とも言われたドラッカーの慧眼に感心させられるのだが、その後徐々に日本も欧米並みに定年を延長し、彼が指摘したようなことはなんとか乗り越えてきている。

社会保険庁の不始末とか、個人情報の漏えいなど、相変わらずの役所の不祥事はあるものの、今のところは、年金の不払い騒ぎは起こっていない。むしろ支払いを知らずにかなりの年金が未払いのままということが、問題になっているほどである。

私は、このような状態に至った日本は、世界に誇る文明国であり、実に幸福な国になったと思っている。長寿国であることは、衛生状態がよく、医療体制が充実していて、国民の健康に関する意識も高いからこそ実現したわけで、国民皆保険の制度と相まって世界の垂涎の的であるに違いないと思う。

ヨーロッパのような貴族社会や身分格差もなく、一億総中流と言われた時代からは、随分経済的格差が広がって来たといってもアメリカのような凄まじい所得格差はなく、大規模な無差別銃乱射事件や国際的テロも国内では起こっていない安全な国となっている。また、EUのように、ギリシャ、イタリア、スペインなどの難物をかかえ、なんとか組織を維持しようとするドイツ、フランスのような苦しさもない。唯一、北朝鮮、韓国、中国との国際関係だけは終始緊張をはらんではいる。

私は、人口が減っていくというのも、人々の生活が豊かで一人一人が自らの生活を大事に思うからこそであり、日本の国土の狭隘さから言えば、今の人口が減っていくのはむしろ喜ばしいのではないかと思っている。国民の生活の豊かさは、なにも産業が拡大することではない。世界の人口密度では、日本は二一位、イギリスが三一位、ドイツが三六位、イタリアは四二位、フランス六三位、日本より密度の高い国で主だった国は、韓国一一位、オランダ一五位、イスラエル一六位、インド一七位といったところで、あとは国際的に影響の大きい国は数少ない（注四）。

確かに少子化も伴う人口減少、そして高齢化はこれからいろいろな問題を引き起こすであろう。高齢化は世界一らしいが、それだけに現在、介護は大きな問題になっている。私は最後の親をみとってもう一〇年以上経っているので、この問題はテレビなどで知るのみであるが、私の周辺でも高齢の親をかかえて苦労している人が少なからずいる。

自治体などでさまざまな対策が取られつつあるが、それでも、介護する側の人数不足は深刻なようだ。これは、根本的には、低賃金が原因で、ほとんどボランティア同然の人たちも多いということである。今のままでは、普通の青年、特に男性が、筋力の必要な介護を職業とすること、それを専門とすることは、収入の面から非常に困難であるようだ。これらの事情から労働力不足で外国人の受け入れをせざるを得ないというのは、日本の今迄の単一民族できた島国の状態が大いに変わっていくことも予想される。介護などの仕事は、元来、出稼ぎ労働が慣習になっているフィリピン人などに多いようだ。彼等にしてみれば、日本での収入は、母国でのそれに比べれば受け入れられるのかもしれない。

その意味では、日本はこのような問題に対する先進国として、それに対する取り組みという面で、将来、世界に貢献することが可能だろう。介護のみでなく、外国人の受け入れは多くの問題がでてくるが、例えば日本が世界から尊敬されるには、もっと避難民を受け入れるべきだという主張をしている外国人記者もいる。素朴にいって、これらの主張は、大変な苦労をかかえている西ヨーロッパの最近の状況を見ると、かなりの抵抗感を覚える。

しかし、ヨーロッパの歴史をみると、さまざまの民族が流入し、多くは戦乱に費やされてきたが、その文明の交流による新たな展開によって、新しい文明の発展がなされてもきた。だから、このようなトレンドは望ましいというべきなのだろう。しかし、一方、将来、身近に外国人がたくさん周辺に住むようになるというのも、すなおに喜べない気もする。難しいところである。

現在でも、私の住んでいる近くの新宿を歩くと、実にさまざまなる言葉が飛び交っていて、私が見当もつかない言葉で話している外国人がたくさんいる。東京も本当に国際都市になって来たなあ、との実感を持つのである。

注一、　中国は人口問題で数々の問題が発生している。一人っ子政策に反すると罰金なのだが、二人目を生んで戸籍に入らない黒孩子（ヘイハイズ）が増えていること。こんなことで最近はやや緩和されて一人っ子と一人っ子の結婚では二人目も許されている。一人っ子なので男子を望むということで胎児が女子だと中絶が増えていること。一人っ子は甘やかされ小皇帝と言われる我が儘な子供が増えていることなどである。また今後は相当の勢いで高齢者社会となると見込まれている。政府はこの将来の危機を感じ、ついに二〇一五年秋に、一人っ子政策は廃止された。

注二、一人当たりのＧＤＰとなると、話はやや違っていて二〇〇〇年には四位だったが、二〇一三年には二五位とかなり下がっている。一位ルクセンブルグ、二位ノルウェー、三位カタール、四位スイス、五位オーストラリアなど上位の国は、特殊な事情があり、人口が非常に少ないとか、石油資源によるものなので、気にするほどのことではない。人口五〇〇〇万人以上となると、アメリカは一〇位、ドイツ一八位、フランス二一位、イギリス二二位であるから、日本は五番目となっている。

注三、その後、私は、『ドラッカー　二〇世紀を生きて』（牧野洋訳・解説、日本経済新聞社、二〇〇五年）を読んだ。この本はドラッカーが、二〇〇五年二月に九五歳で日本経済新聞に書いた「私の履歴書」を元にして、牧野氏が補足の文章を各回ごとに載せているもので、ドラッカーが若い時からの人生を自ら記述したものである。

私は、彼を生粋の大学人と思っていたのだが、実は彼はジャーナリスト出身で、女子大学のベニントン大学の教授職を得たのは三〇歳代の前半である。彼自身「私は大学教授とかコンサルタントとか呼ばれ、時に「マネジメント（経営）の発明者」とも言われるが、少なくとも経済学者ではない。基本は文筆家だと思っている」と述べている。

彼の若い頃を簡単に述べると次のようになる。彼は、まだハプスブルク家が支配していたオーストリア・ハンガリー帝国の首都であったウィーンで一九〇九年に生れた。父が経済学者かつ外国貿易省長官で、国の工業生産を指導していて、さらにシュンペーターなど若い経済学者を支援していた。第一次世界大戦の結果、父は小国オーストリアの役人となり、銀行の再建請負人となった。両親は週に数回ホームパーティーを開き、シュンペーター、ハイエクなどの経済学者、心理学のフロイト、チェコの大統領になったマサリク、作家のトーマス・マンらが出席していたという。

ドラッカーはギムナジウムで八年間過ごしたが、卒業の一七歳で退屈なウィーンを離れる決意をし、父の望むウィーン大学に行かず、ハンブルグで貿易商社の見習いになった。一応ハンブルグ大学法学部に入学したが、講義には全く出席せず、図書館で勉学にあけくれた。ドイツ語、英語、フランス語、スペイン語の本を手当たり次第読んだとある。一九歳でフランクフルトへ転居、そこでアメリカ系投資銀行に証券アナリストとして働きフランクフルト大学法学部に編入。やがて二〇歳で有力夕刊紙フランクフルター・ゲネラル・アンツァイガーの海外ニュースと経済ニュース担当の編集者となり、この間にヒトラーやゲッペルスに直接何度もインタビューをした。この間に博士号を取得したが、ナチスが政権をとり、ドイツ脱出、なんのあてもなくロンドンに行ったが、二五歳ごろに銀行関連のフリードバーグ商会に就職、仕事のかたわらケンブリッジ大学のケインズの講義に出席した。結婚して二人でアメリカに移住し、ワシントン・ポストと契約することができた。この妻に促されたアメリカ移住が「人生最大の決断」だったと自ら述べている。ほどなく第二次世界大戦が始まっている。

ドイツに居た頃のドラッカー

私は、仕事をしながら、大学に籍をおき、若くして博士号もとり、注目される論文も幾つか書いて、外国に移住し、新たな職もすぐ得てと、ともかく素晴らしい能力を持った男だったのだなあ、とあらためて感嘆した。

注四、　人口密度の高い国を上から順番に上げると、シンガポールのような都市国家か、マルタ、モルディブのような島国のいずれかであって、いずれも小国ばかりである。人口密度が高くてベスト一〇に入り、なおも人口がベスト一〇に入るのはバングラデシュだけである。

第三章　人文主義の世界

教養とは何だろうか？

近年、あまり使われなくなった言葉に、インテリという言葉がある。これは元来ロシア語のインテリゲンチャの略語だが、大衆に対し社会をリードし世の中を改革して行く指導者層という意味で、社会主義が思想界で盛んであった時代、我々の若い頃によく使われた。また、当時は左翼思想の大学人、言論人を知識人とも呼ぶことが多かった。いまや知識人というのは古い言葉で、そういう存在はなくなったというのが、若くして亡くなった政治学者坂本多加雄の『知識人　大正・昭和精神史断章』（藤原書店、二〇〇五年）の主張である（自著『志気　人生・社会に向かう思索の読書を辿る』（丸善プラネット、二〇〇八年）内で取り上げた）。

それとは別に、教養人という言葉もあった。これは、「あの人は、教養の高い方だ」という風に使われ、単純に考えると、少なくとも大学で働く高度の学識経験者は、この範疇に入るべき人たちが多く、政界や実業界でも、その見識や知識において、優れている教養人として多くの人から尊敬される存在だった人たちがいた。

私は、教養という言葉を初めて身近に知ったのは大学入学時であった。それまでは、縁のない言葉だった。我々の大学での学習を思い出してみると、年間二学期制でまず専門に進む前に二年間、教養学部に所属し教養課程の科目を履修した。これには、人文科学、社会科学、自然科学という三つの分野、および語学があり、その中にいろいろな科目があった。私は理科一類であったから、大部分は自然科学の授業であったが、少なくとも人文科学で二科目、社会科学で二科目の単位を取る必要があった。一つの科目はそれぞれが半年分、即ち、九〇分、一五回の授業であり、それぞれ七、八科目程度の選択できる講義があったが、私は前者で、哲学概論、論理学を選択し、後者で法学、経済学を選択した。

これは、人文科学では、他に、国文学、倫理学、心理学、日本史、東洋史、などの科目があったのだが、そういう科目は高校である程度勉強していたし、あまり魅力を感じなかったので、全く経験のない自分にとっては新しい科目を選んだのである。それと他の講義の様子も知りたかったので試しに、一二、三科目、一度は聴講したものもあった。講義というのは、その題目だけでなく、それを話す人の、熱意、態度に大きく依存する。ノートをずっと読みあげている年取った教授のひどくつまらない講義もあった。社会科学はきわめてオーソドックスなものを選んだと言えるが、これは文系の多くの学生が進む分野を一応知っておきたいと言う気持ちからだったと思う。他に政治学、社会学、社会思想史、世界地理のような科目があったと記憶している。

自然科学はほとんど必修であり、授業の半分以上を占めていた。数学（微分積分学、代数学、微分方程式など）、それから物理学（力学、電磁気学、熱力学、解析力学など）、化学（無機化学、有機化学など）、である。そしてレポート形式の物理学実験と化学実験がそれぞれ毎週一回午後に行われた。語学は二科目で、英語は必修、第二外国語のドイツ語、フランス語のいずれかの選択で私はほとんどの理科系の学生と同じくドイツ語を履修した。理一は一三組あったのだが、一組だけがフランス語の選択の人達だった。この二年間のうち一年半が終わると、専門に進む学科が各人の希望、それまでの成績の如何によって決定され、二年の冬学期から専門学科の講義が始まるのであった（注一）。

私は専門学科に進むと、理工学ばかりであろうから、講義などは適当に付き合い、教養学部の間は今しかできなさそうな、人文科学、社会科学の分野の本を課外で自分勝手にかなり読んだ。特に入学した年が六〇年日米安保改定反対闘争で日本中が湧きかえった時で、共産主義、社会主義の書籍、また理工学でも科学の研究の社会的意義を問うというような一般書を随分読んだ。自分の進路決定は、特に理工系は学科によって細かく分かれるので、かなり真剣だった気分を思い出す。

今、人文科学の講義を思い出して見ると、「哲学概論」の講義をした年輩の大村晴雄氏（調べてみると、都立大教授で、東大では非常勤講師）はドイツ観念論の研究者であり、私はヴィンデルバントの『哲学概論』を紹介されたり、カントの『純粋理性批判』、『実践理性批判』を購入して読み始めたりしたが、退屈で二〇ページとして続かなかった。また「論理学」の杖下隆英講師にはアリストテレスの三段論法とか、「トゥルーステーブル（真理値表）」などの解説を聞いたりしたが、あまりに単純なので若い先生に「どうなんでしょうか」と授業の後に個人的に質問したら、「私は講義をしなくてはいけないのでしていますが、論理学なんかより数学の方がはるかに複雑で高級な論理を追求していると思いますよ」と答えられた。こんなことで、私の哲学の選択は、哲学に対するネガティブな感覚を増すものに過ぎなかった。もっともデカルトだけは特別で彼の『方法序説』は感激して読み、後に三部作と言われる『省察』と『哲学原理』も読んだ（自著『自然科学の鑑賞』（丸善プラネット、二〇〇五年）内、「デカルトおよび哲学について」で述べた）。

社会科学の選択は先述のように、法学と経済学だったのだが、法学の講義は松尾浩也助教授で、表情を一度も崩すことなく講義ノートを勤厳に読みあげるといったもので、法学を無上のものと考えるあのような四角四面の教育が、日本の官僚を育てていくのかなと思った（注二）。

それにひきかえ経済学の内田忠夫助教授の講義は、近代経済学の内容で、ぐっとくだけた姿勢のものであって非常に興味深かった。

それはそれとして、このようなシステムは、将来を期すためには、単に専門過程を勉強するだけでなく、幅広い教養を身につける必要があり、それには、過去の文化や現在に至るまでの多くの知識を取得するべきであるという教育理念に沿ったものであった。これは旧制高校の教育の考え方がそのまま引き継がれていたというべきだろう。実際東大教養学部というのは旧制の第一高等学校を引き継ぎ、我々の学生時代にはもともと一高の先生だった教授が多くおられた。このような制度のもとに、旧制高校時代を送った人たちの中で、非常に幅広い代表的な教養人であったのが、明治時代に、熊本の五高を出た寺田寅彦氏であり、戦前に一高を卒業し後に経団連の会長になった石坂泰三氏であろう（自著『いつまでも青春』（丸善プラネット、二〇一三年）内「寺田寅彦論」、『坂道を登るが如く』（同、二〇一五年）内「文系人間　石坂泰三氏」）。それ以外にも、旧制高校を経験した多くの人々が、あの教育制度は実に良かった、と考えていることを、多くの本や記事で目にした。

専門以外の幅広い教養を身につけないと、社会に出ても近視眼的なことしか考えない偏頗な人間を作り、自分の専門以外には興味を持たない、他人に対する思いやりのない狭隘な人間となってしまう。それを避けるためには、浅くても多面的な教育を施す必要がある……。

東大以外にも、国際基督教大学ではアメリカのカレッジの制度そのままに四年間教養課程を積むという制度があり、その他の大学でも教養部といった課程があったようである。このような考え方、それに基づいた制度は、その後は急速に変わっていった。それの顕著なあらわれが、他の国立大学での教養部がかなり早い時期に変化していったことである。我々の頃でも、三年、四年になって教育を担当する教官達には、余計な教育はそこそこにして一刻も早く専門学科の勉強をさせるべきである、そうしないと社会の需要や、学問の進展に追いつけないという主張をする人たちがかなり多かったということを、聞いていた。これは社会の進歩のスピードが早くなり、のんびりしていた戦前の教育では駄目であるという考えが支配的になったのであろう。折しも高度成長時代を迎え、大学、大学院の理工系の学生の定員はどんどん増えていったし、会社に就職するにも修士課程まで進むという学生が増加して行ったというのはこの間の事情を物語っている。

もっとも最近は、学問の専門化と逆に横断的な分野が必要ということで、総合人間学部、総合科学部、情報文化学部、国際教養学部、大学院での総合文化研究科などというような組織ができてきて、国公立、私立を問わず各大学もいろいろ工夫をしているようである。

自分の経験を考えて見ると、大学の教育というのは、いずれも何かのきっかけを与えてくれるものではあるが、その後の知識の習得、研鑽の方がはるかに量的にも質的にも重要であり、教養科目を履修したからといってそれで急に教養が増すわけではない。ただ、世の中の文化にはいろいろなものがあるという材料を展示してくれたという意味でありがたかったという思いはある。

まあ、制度はともかくとして、そもそも人間における教養とは、いったいどういう意味を持つのかということを考えてみたい。あの人は教養の高い人だというのはどういうことなのか。

例えば、大学で教授になったからといって、それだけでは教養が高いということにはならないのは明らかである。単なる専門の学問をいくら勉強し、研究業績を積み上げ、何とか賞を受賞したといっても、それは単に専門家として優秀であったということに過ぎない。

これは、職人が無形文化財に認定されたといって、その人が教養が高いということにならないのと類似である。それらの活動が人間文化にとって、立派な意義のあることは確かであるが、それと今考えようとしているような概念とは、いささか異なっているのである。ただ、一つの狭い専門といっても、それには周縁のいろいろな関連分野の知識が必要になり、本当に創造的な仕事をするには、幅広い知識、深い考察がなされた結果ということが多いので、優れた学者にはやはり教養のあると言ってよい人達が多いというのも事実であろう。

教養というものを、それで何か役に立つものかどうかという観点から考えて見ると、元来、教養というのは、実用性という概念からは極めて遠いものであると思う。たぶん物を考える際、あるいは人と付き合う際に、それまで獲得した知識のお陰でいろいろな情報交換が可能になり、さらに知識を知らず知らずの内に習得し経験によって見識が練磨されていくことにより、相互に豊かな交流が可能になっていく、そんな積み重ねが重要だというようなことかとも思う。

教養は、実にさまざまな内容を含むし、対象は文化全体であるのだが、教養人が人々に尊敬されるというのは、一般人の知らない世界、歴史上の知識、文学や美術、音楽などの高度な趣味、どちらかといえば、人文科学分野の豊かさを意味していることが多い。私が感じているのは、この教養と言う概念のなかに、自然科学の知識は全く含まれていないという事実である。自然科学は、基本的に人間の性格とは全く離れたものを対象とするだけに、それに対する知識、理解がどれほどのものであっても、それを教養とは考えない。その研究者は、単に専門家であるにすぎないので、特に教養のある人とは考えられていない。多くの文科系の人にとっては「難しいことをやっていますね」とか「酔狂なことによく長年つきあっていられるものだ」でおしまいであって、実生活で役に立つような情報でないかぎり、自分とは縁がないと思われている。社会科学であると、人間社会を取り扱っているので、これはぐっと親しみを持って考えられる。それでも、法学や経済学に詳しい人のなりわいは教養とは距離を置かれている。だいたい、教養を主題とするような本は、人文系、あるいは社会学系の人が、論ずることが多い。

自然科学の研究者で、教養の高い人と言うとき、それは、自然科学だけに閉じない、他の分野にも造詣の深い人というのが望ましい姿であろうが、世界的に最先端の自然科学の研究は競争が激しいので、時間的に余裕がなくて、理科系の人は文科系に比べて、他の分野に広く目を注いでいる教養があるという人は非常に少ない感じがする。

要は、教養というのは、その人の生き方に深くかかわっていて、その人の社会に対する態度、思索などに関係している。教養のメリットというのは、いわば相手との「知的基盤の共有」があるために、共通の話題を語り合う、そしてそれぞれの意見の一致、相違からまた新たなる議論、認識が培われていく。これは実に楽しいことである、というような感覚かなと思う。「朋あり遠方より来たる。また楽しからずや」という言葉があるが、こういう気持ちというのはなにも高尚な教養である必要はない。人との交わりにおいて、「あそこの店があるでしょう。あの店は……」、「ああ、知ってる、知ってる、あそこは安いんだよね、そして結構料理がうまいんだよね」とかいうような会話を交わすだけで、人間は共通の親しみをもって、楽しい思いをする。基本的に教養というのはこれの延長にあるやや深みのあるものではないかとも思うのである。

これは、日本人同士だけでなく、特に外国人との間で、思わず共感点などが発見された時の無上の喜びなど、私の経験では自分が急に大きくなったような気がするものであった。

考えて見ると、教養を積む、というようなこと、それ自体は、普通の日常ではあまり考えないことではないだろうか。教師が「教養を積め」というようなことを言うかもしれない。しかし、我々は、その言葉などは考えることなく、なにか自分にとって好奇心を刺激するような材料があると、それを無性に知りたくなるという衝動に動かされて、さまざまな活動をするのである。読書はその最たるものであり、芸術の鑑賞もそうであり、才能のある人は、自らその活動に飛び込む。こんなことが長い間積み重なってきた人には、何となく、教養ある人という雰囲気、香りが感じられてくる。まあ、そういう意味では、教養というのは、結果としてその人のたたずまいであり衣装のようなものである。ただ、普通の衣装と違って簡単に購入できる、短時間で施せるものではなく、自分で意識的に施すものでもなく、長い時間が必要で、甚だ内面的な衣装となっているものではないかと思う。

日本の近代における教養に対する社会学的考察を重ねた本に『教養主義の没落　変わりゆくエリート学生文化』（竹内洋著、中公新書、二〇〇三年）がある。この本には、教養というものの考え方、時代的変遷が、多くの資料とともに書かれていて、私は非常に面白く読んだ。

著者の竹内氏は京都大学教育学部出身で、卒業後一時期会社に数年間勤めたが、大学院に行き、その後ずっと主として京大で教鞭をとった社会教育学の研究者である。その後関西大学などでも教えていて、その教育の豊富な経験から、大学生の生態を調査しながらも、自ら教養について考察を進めている（本書の別の節「日本のアメリカ依存」では、彼のより大著である『革新幻想の戦後史』（中央公論社、二〇一一年）をとりあげた）。以下は彼の分析した記述である。

教養主義というのは大正時代あたりからの旧制高校で培われて、それは元来西欧の文化、その哲学や、歴史、文学に憧れ、思索を進めたものが源となっている。あの頃の学生の気分をよく表した歌に「デカンショ節」（注三）がある。文学作品としては阿部次郎の『三太郎の日記』がその代表である。日本で生まれた思索の対象は少なくて、西田幾多郎、和辻哲郎などだが、若者の大部分は、西欧を向き、ドイツ、フランスなどの文化の知識の獲得とともに、人格的修養を志すといった精神が強かった。

一方、その政治的部分が、大正デモクラシーから始まる、西欧のマルクス主義に対するインテリたちの没入で、これは、教養だけの人格主義では社会に対して何もなしえないと感じ始めたインテリにとって、格好の主体的行動を促す契機となって、プロレタリア運動が盛んになった。これらは昭和一〇年代には政府、軍部の弾圧で抑えられたりしたが、戦後また一挙に復活した。大学の教養高く思われた教授陣の言論に啓発もされて、学生たちは雑誌でいえば『世界』、『中央公論』などを定期購読し、多くの学生は革新政党を支持し、このような意識が全学連の日米安保改定反対運動の底流ともなった。多くの大学人は旧制高校を出た人たちであり、そういう大学人たちの研究、教育も、多くは、教養主義時代に培われた西欧の思想の紹介をこととしたものであった。丸山眞男はその典型であり、サルトルに代表される実存主義の流行も依然として教養の西欧追随の姿を示していた。

また、教養主義を民間で支えた岩波書店などの文庫、新書、類似の書籍の人気も強かった。それが大学紛争などで、大学人の権威が大きく崩れ、また教養を磨くといった発想が、かつてはエリートとみなされた大学生の人数の大幅な増加および大衆化と、ほとんどがサラリーマンとして実社会に出て行く大学生にとっては、かつての教養がほとんど意味を持たなくなり、もっと実用的なノウハウを求める流れとともに、弱まっていった。一九八〇年代には「少年マガジン」とか「ビッグコミック」のような漫画を読む大学生が多くなった。レジャーランド大学という言葉も出て来た。思想インテリよりも実務インテリの方が必要だ、との表現も見られる。これらが著者の言う学生文化としての教養主義の没落である。くだけた表現で言えば、つぎのようなことであろうか。

教養というのは、それほど重要でない、時代は大きく変わり、現代社会を乗り切っていくにはそんな事よりもっと実際的な知識が重要である。ソクラテスがこう言った、シェイクスピアやゲーテにはこういう作品がある、西行、芭蕉、漱石や鷗外、芥川がどうだ、カント、パスカル、ニーチェ、西田幾多郎、ベートーヴェン、ワーグナー、そんなことは今や何の役にも立たない、というような主張である。つまり教養という言葉にこだわれば、求められる教養の内容が変わってしまった、という論議である。

このような主張をしている一人に、公私ともに国際人として、精力的に活動をしている大前研一氏がいる。彼は多くの本を出版していて、どの本も内容はアメリカナイズした感覚の彼自身が実践している積極的な生き方を述べていて、日本人にありがちな周囲を気にし抑制がちの消極的な態度から脱皮すべきであることを主張している。彼の『「知の衰退」からいかに脱出するか？　そうだ！僕はユニークな生き方をしよう！』（光文社、二〇〇九年）は特に強烈な自己アピールに溢れていて、その中で、私にとってやや刺激的であったのは、以下のようなことであった。彼は「二一世紀の教養」と題する章で、いろいろなことを述べている。一つには、国際人として外国人と付き合う際に必要な心得として、自分が育った国、地域の文化や伝統への深い知識、理解が要求される。一般的な知識はもちろん、古典的な教養も重要であるが、それ以上にグローバル化したこの世界では、一人の個人としての意識が重要視される。つまり、いま共有すべきは、かって古典として幅広く通用したものではなく、煎じつめれば「地球市民として具体的にどのように考え、どのようなアクションを起こしているか？」という意識なのだ、……彼の経験によれば、現代におけるエグゼクティブの共通の話題は「あなたは、近年の環境問題とその対策について、どう思うか？」、「アフリカのエイズの人達のために、あなたは最近何かをしたか？」これらが彼等がほぼお決まりのように口にすることである、という。

例えば、GEのかつての会長であったジャック・ウェルチ氏は、彼と会う時「What's new?」といつも切り出す。つまり彼は「前に会ったときから、その後キミに起こった新しいことは何か？」だけを知りたいのである。そして常時、「カレントは〜」「トレンドは〜」という言葉が飛び出す、と書かれている。

また、こういう問題へのアプローチで必須なのは、「ネット社会の最先端の動き」である。即ち多くの新しいメディア（Google Youtube Skype Second Life Facebook 等）を知り知識を習得し、使いこなすことであると述べている。また、別の章で、大前氏は自身の日常を次のように書いている。

「じつは私は、十年ほど前から新聞を購読していない。新聞は、一面トップの記事の決め方など、紙面の取り扱い方によって、情報をいくらでも操作できるからだ。私はテレビのニュースも見ない。報道番組で見るとしたら、ＢＳでやっている世界各国のニュースやドキュメンタリーなどだけである。雑誌はあえて編集方針に偏りがあるものばかりを購読する……総合的幕の内弁当のような雑誌はなんの足しにもならない（注四）。では、ニュースや情報はどこからと言えばそれはほとんどサイバースペースからだ。ネット上の記事はすべて均等の大きさで並んでいる。つまり、私にとってのトップ記事は自分自身で決められる。つまり、情報に対して受け身であってはならない。」

さらには、「いまやハーバード大学の図書館の蔵書でさえ、検索していけば全部読めるのだから、歴史を知識として頭に入れておく必要はない。いちばん重要なのは『考える人間』であることだ。『現在起こっていることとの関連において、歴史に類例があるのかどうか』と設問ができ、それをもって考える人間のほうが『知っている人間』よりはるかに優秀である。言わばこれが、二十一世紀の教養人である……これからの勝負は思考の深さで決まるのであって、知識の量の問題ではない。……現代のノーブレスオブリージュは社会貢献や環境問題なのだ」と。

結論的には、「世界のリーダー達が古典的教養から遠ざかるようになったのは、知識としての教養が意味を持たなくなったからである」と述べている。

まあ、国際社会の第一線で活躍しようとすると、彼のような意識は必要である、というのも解る気がする。他の例を引けば、福沢諭吉は「時代が必要とする（役に立つ）知とは何か」と常に考え、若き頃、大分県中津から長崎に出てやがて大阪の緒方洪庵の適塾に入り一生懸命学んでいた蘭学が横浜に行ったら、何も役に立たない。そこでは全てが英語であった。それで彼はもはや英学のほうが重要だと考え、心機一転英語を猛然と勉強した。また、それまでの日本の教育、儒学偏重を批判し、多くの欧米の実学を導入することに情熱を燃やし文明開化に大きな貢献をした。このような観点は社会の発展にとって非常に重要であるとは思う。ただ、大前氏の言うような教養というのは、福沢に似てあくまでもビジネスに関係した実利に結びついた発想であると思う。その意味ではここでの教養というのは、仕事を円滑に進める為の人間相互の知識交換のアクセサリーのようにも思える。

社会の改革を目指すこと、それへのファイトを燃やすことは意義のあることだ。私も、科学技術が発達し、世界の政治情勢が緊迫の度合いを増し、景気の変動が激しく揺れ動く日常の生活感覚の中で、『論語』や『源氏物語』を放送大学で講義し、ルネッサンス時代や印象派の美術を解説しているような番組を眺めやる度に、こんな講師たちは現在、自分の仕事をどうとらえているのだろうと、考えたりする。たぶん、彼らは、それが好きで好きでたまらないからこそ、若い頃からそういう研究を進めたので、あまり悩むことはなかった人もいるだろう。しかし、人によっては、なにしろ当面生活をするには、とりあえず自分の専門を極めなくてはならない、身近のことをなりわいの資とせざるを得ないからというので、いつのまにか、こんなことになったという人もいるであろう。一方で、現在の世の動向を眺めても、政治や経済は権謀術数の世界で、そういう世界は嫌いであると言う人も多いのではないかと思う。

漱石は若い頃、文学は男子一生の仕事たり得るかと、悩んだ時期もあったという。青年時代、文学をやろうと言って長兄に「男なら政治家や実業家になれ」と反対され、当時大学予備門と呼ばれた一高で友人の米山保三郎（注五）に強く推されてようやく文学への道を進むことになった。

しかし、出発点でそもそも、大前氏のような考え方は、私がここでいうような教養とは随分異なっていると思う。経営者であるウェルチ氏が、絶えず新しい動きを知りたがり、会話においても何かそれに対するヒントを得ようとするのは、考えて見れば職業柄当然である。彼とわたりあおうとすれば、それに必要な知識、教養はきわめて現代的なものとなろう。実際、ウェルチ氏の自伝『ジャック・ウェルチわが経営』（宮本喜一訳、日本経済社、二〇〇一年）を読むと、彼は化学工学を専攻し博士号をもった生粋のエンジニアであり、巨大会社で有能さを発揮して社長、会長になった男で、趣味は若い頃からのスポーツ、特にゴルフが無上に好きといったタイプなので、およそ人文的趣味を持っているような人ではなかったと見える（注六）。

ただ、私はこういう論議を通じて思うことは、少なくともいろいろな情報、経験を通して、過去を知るだけでなく、現在の世界の政治経済の動向、社会、文化に対する深い理解があって、現在に対するある種のバランスを伴った見識も持つと言うことが、現代人の教養の欠くべからざる要素であろうとは思う。

一方「温故知新」という言葉もある。人間の生活というのは、社会的な活動がすべてではない。人間それればかりが能ではなかろうと思う。例えば、極端な例だが、社会から引退し、悠々とあるいは先の短い余生を送るという立場になっている人たちにとっての教養というのはどうだろうか。例えば、人生を役人として過ごし通産省事務次官までいった両角良彦氏は、退職後に、電源開発株式会社総裁となり八年間その職にあり、フランスの会社に数年勤め、その後日銀政策委員をやめた時七五歳、ある意味では功なり名遂げたのだが、それだけでは何か物足りなかったのだろう、それからナポレオンに関する研究をし、数冊の本も書いた（注七）。

日銀理事であった吉野俊彦氏は山一証券経済研究所理事長に移った五七歳に森鷗外に関する本を出版し始め、その後鷗外の事績を事細かに辿った本を何冊（二〇冊に及ぶという）も書いている（注八）。実業界の生活がいやになったというより、経済の世界は、どこまで追っていっても、変転することで、何か人生、真の生きがいとは何かを考えざるをえない所に追い込まれた、その時ハタと念頭に浮かんだのが、森鷗外の存在だったとは、本人の述懐である。

私は、彼らが本を書いた、だから教養があるとかないとか、そういうことを言いたいわけではない。人間の気持ち、生活は、多面性を持っているということの例として、述べたのである。

本来、教養というものは、それを目的とする活動、あるいは、それを利用してどうこうするといったものではない。また、絶対的尺度というものも存在しない。当然のことだが、知識の量でもない。物知りであることは、条件であっても、それだけでは教養とは言わない。それを基盤として多様な経験からくる優れた判断力、見識が備わって、喜怒哀楽の豊かな情操の持ち主から、得も言われぬ教養がにじみ出て来る、といったものであろう。

人には本来、知識欲が存在する。自分の興味のあることをより深く知りたい。それの顕著な現れが、各地で開かれる、文化教育、講演会に集まる人々の動きであろう。職場を定年になった男性、育児を終えた女性達は、こういう集いの公募に応じてたくさん集まる。これは言葉をかえれば、教養の香りを求めて自発的に集まって来るとも言える。これらは大部分、仕事に直結するようなことではない。若い時から、そのような時間を多く持った人には、自然に教養的なものが身に付いてくるのであろう。

また、私が教養ある人と言うときに、最終的にもとめたい要件は、深い知識、見識とともに、その人の品格といったものである。それは、人間の強さとともに弱さも理解し、他人に対する包容力が豊かであることが必要である。若い時は別であり、それなりの闘志を持って自らの人生を渡っていくのであるが、歳をとっても、依然として、なんでも「俺が、俺が」というのでは情けない。本当に人間としての教養ある人というのは、人がどう評価しようと、たとえ、自分が人間的に至らないことが分かっていても、それはそれで良しとし、悠々たる人生を送るといったところにまで達している人物ではないだろうか、私もそうなりたいと思うのである。これは私の、たぶんに東洋的な、あるいは個人的な審美観なのであろうが、そう見える人を遠くに眺めると、自分もああなりたいなと密かに思うのである。

注一、 私は、五〇歳頃から、二度にわたってそれぞれ数年間、母校の大学で講義をした。それぞれ専門学科での講義であったが、講義をする方からすると、一年目は新しい科目の講義録を作りながらだから毎回準備は大変である。二年目になると、慣れてくるので、工夫もしたりして楽しく講義がスムースにできる。

ところが三年目になるともう惰性に陥って、刺激もなくなり、講義をするほうも面白くなくなる。特に基礎的な教育をする部分では、その間に新たな内容を盛り込むことはほとんど不可能である。

二回目は数年経ってからの別のタイトルの講義だったから、最初は面白かったが、また同じようなサイクルを辿った。大学の学部学生相手だと、まだまだ基礎的なことが主要部分である。

このように、大学の教育というものは、教授にとっては副業的なものであって、マンネリズムになってしまうのはよく解る。なかには、たまたま若者相手の教育が楽しいという人もいるだろうが、私にとっては、研究は生きがいを感ずるものであるが教育を何十年もやっていくことは、やはり苦労と忍耐の稼業だなと感じる。大学の教師が自らの教育経験を語ることが少ないのは、世間の評価に比べて内心忸怩たる気持ちがあるからだろうと推測している。

注二、　最近、私は元東大法学部教授の三谷太一郎著『人は時代といかに向き合うか』（東京大学出版会、二〇一四年）を読んだ。その中で著者は「講義の内容はすべて文章にして、それを読み上げる。晩年はさらにそれについて、概要をつくりまして、それをパソコンに打ち出してプリントアウトしたものを学生に配布するということをやっておりました」と述べている。こういう堅い態度、やり方は、法学部の一部の教育者の伝統なのかもしれない。

それは別にして、この本は真摯な法学者が、世界をどのように捉えようとしているか、人生における法学という存在を、いろいろな法哲学（スペンサー、ラートブルフ等）や、宗教との対比（南原繁のプロテスタンティズムと田中耕太郎のカトリシズムの立場からの議論の比較）を含めて、いかに考察しているかが窺われた好著であると思った。彼の分析は、さすがに二〇一一年の文化勲章受章者であるだけのことはあって、極めて精緻な文章である。

勝海舟、栗本鋤雲、内村鑑三、吉野作造、中江丑吉、丸山眞男に関しての論など、久しぶりに、法学者の文章に知的興奮を感じた。また、三谷氏の考察は、政治学だけに留まらず、森鷗外、ジョージ・オーウェル、永井荷風の時代への態度にまで及んでいる。

ただし、こういう抽象次元の学問は、ある種の社会規範を与えて、人々の生活を安定させることに役立つことは事実だが、如何に精緻な考察を重ねても、現実の社会の進行、特に政治、経済、国際間の争闘に対しては、はなはだ弱いものであることも確かである。三谷氏は自らを政治史家であると称しているので当然であるが、過去の事実に対しては非常に鋭敏な省察を重ねている。しかし現在あるいは未来に対しては何も述べていない。そういう点では、丸山眞男も近いと言えるが、彼の場合は、日米安保改定問題が国論を分ける時代に遭遇したため、世の中が彼を社会のオピニオンリーダー的存在ともしたが、現在はそのような時代ではないことが、三谷氏の地味な存在に繋がっているのだと言えると思った。

注三、　デカンショは、デカルト、カント、ショーペンハウエルという三人の哲学者の名前を略したものであり、「デカンショ、デカンショで半年暮らす　あとの半年は寝て暮らす」と歌われた。

注四、　実は、私の友達の一人は、今から数十年前に、全く同じことを言っていた。日本の新聞は、ときどき赤旗を見るが、あとはアメリカの新聞や月刊誌ばかり見ていると言っていた。彼はユニークな男だったが、一方私は平凡で全くそんな気にはならなかったのを思い出す。

注五、　彼は腸チフスで若くして亡くなったが、漱石の『吾輩は猫である』の中では「天然居士」と呼ばれていて、漱石が深く尊敬していた友であったという。

注六、　彼は父方、母方の両親がアイルランドからの移民で、祖父母、両親とも高校を出ていなかったが、両親からの豊かな厳しい愛情に恵まれて一人息子として育った。父は鉄道の車掌であったが、特に母から厳しい訓戒の言葉をうけて努力する大切さを学んだという。
　マサチューセッツ大学からイリノイ大学の大学院に進み、普通は四、五年かかるところを三年経った二五歳で、博士号取得。直後、GEに入社し、あとは仕事一筋で毎日夜遅くまで働きに働き、三五歳で化学・冶金部門のトップになり、三六歳で副社長（何人もいる）、一九八一年、四五歳で歴代最年少の会長、最高経営責任者になっている。この時の会社の従業員数は四〇万四〇〇〇人と書かれている。

この本では、ゴルフを楽しみながら、会社での人材発掘、登用、経営の激しい日々が綴られている。特に五人のエグゼクティブとして時期会長の候補者になってからの数年間の時期に、ウェルチのその時の会長になりたいとの必死の思い、現会長への対応、攻防が権力争いの凄まじさを物語っている。彼の競合者は彼が会長に決まった数カ月後、ことごとく彼のお気に入りを除いて、会社を退職している。

私は、アメリカでは大企業内の野心家の支配権争いというものも、結局、政治家と同じようなものだなとの印象を得た。それは、日本と違うアメリカン・ドリームをひたすら追うという彼らの姿であろう。

注七、彼は戦時下の一九四二年商工省に入り、病弱で肺病による三度目の闘病生活は二年半に及ぶ入院生活だった。五七年にフランスの日本大使館に書記官として三年九カ月滞在し、フランスの午睡の習慣により健康を回復したという。この頃に彼はフランスに対する興味を培ったようだ。田中角栄通産大臣の時に事務次官、七三年、五三歳の時に退官（『私の履歴書』（日本経済新聞、一九九六年三月）による）。彼は城山三郎の『官僚たちの夏』のモデルの一人として描かれている。以下は著作であり、私は三冊目の『反ナポレオン考』しか読んでいないが、他の二書も瞥見すると詳細なる調査に基づいた労作である。

『一八一二年の雪・モスクワからの敗走』（筑摩書房、一九八〇年）

『セント・ヘレナ抄』（講談社、一九八五年）

『反ナポレオン考』（朝日選書、一九九八年）等

注八、彼は、若い頃文学部に進みたかったが、作家になる自信がなくて、法学部に進んでしまったと自ら述べている。ただ学究肌で、日銀でも調査部一筋で勉強好きであった。六〇年代に高度成長論の下村治氏に対し、安定成長論をもって対立したことで知られる。多くの経済に関する論文、また本を書いたようである。また次長になって、銀行内で、総裁となった佐々木直氏に調査局自体が軽視され、干されたような苦しい時があり、その頃に、役所勤めと文学の二足のわらじをはいて悩みも大きかった森鷗外に共感をもって、研究を始めたようである（『私の履歴書』（日本経済新聞、一九九二年十月）による）。

彼の著作のほんの一端を示すと、

『森鷗外私論　正・続』（一九七二年、一九七四年）

『あきらめの哲学・森鷗外』（ＰＨＰ研究所、一九七八年）

『権威への反抗・森鷗外』（ＰＨＰ研究所、一九七九年）

『虚無からの脱出・森鷗外』（ＰＨＰ研究所，一九八〇年）

『鷗外百話』（徳間書店、一九八六年）等

このうち『虚無からの脱出・森鷗外』を読んでみると、鷗外が陸軍の医者として最高位の軍医総監を辞めた時の周囲の状況、彼の心理状態が縷々書いてあり、吉野氏の似たような状況も述べられている。更には、文中で鷗外の長編『渋江抽斎』を彼の最高傑作として、吉野氏はことのほか称揚している。また彼は『渋江抽斎』について同様な意見を述べた永井荷風、石川淳、そして佐藤春夫の文章も載せている。

私もかつて一度読もうとして、十数ページでつまらなくなって中断したのだが、こんな批評を見るに及んで、もう一度真面目に読んでみた。そして感情移入を一切抑えた歴史書としての、そして「事実のみをもって語らしめる」という鷗外の詳細な調査の熱意と記述、その強靭な精神には感嘆すべきものがあり、私もそういう文章は好きなのであるが、あまりにも極端であって、文学として見ると、どうにも退屈で一応我慢して読み通したが、これをことさら感激をもって述べた吉野氏の気持ちに同意はできなかった。鷗外がなぜひとかたならぬ敬愛を抽斎に捧げたかはよく解ったが、軍医であった鷗外、銀行とはいえ一種の役人であった吉野氏にとっての人生観というのは、長年の宮仕えからの離脱ということが一大事であったようで、私のようなものとは随分違うものだなあ、というのが読後感であった。

年を重ねるということ（モンテーニュ『随想録』読後感）

モンテーニュの『随想録』（関根秀雄訳、白水社、一九八二年―八三年）を図書館から借り出して二ヶ月で一通り読み終えた。この本は、大学に入学した時、東京大学の各分野の先生達が薦める本を紹介した「学生の読むべき書」の中にあり、一年の秋に同じ訳者の新潮文庫全六冊を購入して読み始めたのが、その叙述に辟易してその時はすぐに一冊目も終わらずして放擲した。当時は六〇年安保改定反対闘争があり、その頃の興味、気分とはあまりにも遠い内容だったからである。その本はたび重なる引っ越しでどこかへいってしまった。だから、後年、放射線医学総合研究所に入り、所内のカワラ版とも言える「ぱるす」に書いた短文「迷い多きは…」（一九九一年、一二四号、注二）において、私は「人々は社会的要請に追われていて、今やモンテーニュがダラダラと文庫本六冊にも渉って人生論を論ずるような悠長な時代ではなく、随想などたまに読む新書一冊で十分であり、読者も大変忙しいのである」と書いたのだが、この時はもう一生読むことはあるまいと思っていた。私は四九歳の働き盛りであった。

ところが、現役を引退した私は数年前から自費出版の随筆を書きだして、毎回五〇〇部しか印刷していないので読者は非常に限られていると思うが今までに六冊出版した。（あと二冊は趣向の異なるもので計八冊になる）それで、自由な時間の増えた昨近、やはり随筆の名著と言われるものは、生きている内に一度は通読したいと思ったのである。

訳者の関根秀雄氏は、一八九五年（明治二八年）生まれ、東京帝国大学仏文科卒のフランス文学者で、モンテーニュの研究に一生を懸けた人である。同期にマラルメ、ヴァレリーなどの訳詩で有名な鈴木信

太郎氏、文学座を創設した一人であった岸田国士氏がいる。（注二）

訳者が作った年表によってモンテーニュの生涯のあらましを辿ってみる。

ミシェル・ド・モンテーニュ（一五三三年—一五九二年、五九歳七ヶ月で没）。

曾祖父は富裕な輸出商、フランス南西部の中心地ボルドーに近いモンターニュの城館を手に入れる。祖父はボルドー市参事、父がモンターニュ領主であってボルドー首席市参事になり、三年後ミシェルが生まれている。ミシェルは幼少時から城館でラテン語教育を受ける。ボルドー市のギュイエンヌ学院人文学部を一六歳で卒業、やがてパリで数年遊学、一五五四年、父がボルドー市長になって三年後の一五五七年、ミシェルは二四歳の時、ボルドー高等法院の評定官となっている。

フランスは旧教、新教の血みどろな戦いの時代で、ボルドーは、その争いの渦中に絶えずあった。一五六二年から一五八〇年までに七回の宗教戦争が起こっている。

一五五九年、長年のイタリア戦争の終結記念の馬上槍戦で眼をつかれて急死したアンリ二世の事件に続いて、王妃のカトリーヌ・ド・メディシスが長男フランソワ二世の死後の翌年、その弟シャルル九世（一〇歳）の摂政になった。新教徒ユグノーの蜂起が六一年。サン・バルテルミー祭の二〇〇〇人の新教徒の虐殺が七二年、これは一週間続いたと言われる。シャルル九世は新教を支持していたためかその二年後、二三歳で死去、その弟アンリ三世がポーランド王であったのを放棄してフランスに戻り王となる。この頃、モンテーニュはしばしば朝廷を訪れたり、カトリーヌ・ド・メディシスからも対立する勢力同士の調停を依頼されるような間柄だったようである。

実はモンテーニュはそれらのさなか、一五七〇年、三八歳の時、評定官の職を譲り、一旦退職した。

このやや前からラ・スポンの『自然神学』の翻訳などを志し、同書は六九年公刊される。やがて、尊敬するラ・ボエシの著作集を出す。『随想録』の執筆はサン・バルテルミー事件の頃、城館で始められたらしいという。この頃に彼は多くの書物を読んだ。それらは、プルタルコスの『対比列伝』、セネカのもの、他に『アキタニア史』、『イタリア史』などが挙げられているが、『随想録』を読むとそれどころではない、実に多量の本を読んでいることが解る。

一五八一年、本人不在でボルドー市長に選ばれる。八三年再選される。それまで平穏な二年間であったが、再選されてからは苦労の連続で、旧教側アンリ三世と新教側ナヴァール王（注三）アンリ・ド・ナヴァール（後のアンリ四世、ブルボン王朝の始祖）の間に立って、ボルドー市を守るためモンテーニュ自身が市民軍を組織し夜警にも立ったという。また、一五八八年にはパリで暴動が起こり、モンテーニュは拉致されバスティーユ監獄に放りこまれた。この時はカトリーヌ・ド・メディシスが対応したので、その日のうちに解放された。拉致したほうのギュイズ公はその年の暮れに暗殺された。また、アンリ三世、アンリ四世の信任が厚く、何回か政治的顧問と言ったような役職につくよう要請されたが、それを断っている。このようにモンテーニュは政治闘争の真っただ中にいたのである。

一五八九年からは彼は自分の城館に引退して、本当の隠棲時代が来て九二年に死ぬまで動かなかった。そしてこの時期、彼は大いに読書した。依然歴史家の書が主で、ヘロドトス、アウグスティヌス、タキトゥスなどであったという。

彼は、歴史が大好きであると自ら書いているが、彼の歴史的知識は凄まじいものがある。アレキサンダー、カエサル、アウグスティヌスなどの政治家、ホラティウス、ウェルギリウス、ルクレティウスなどのローマ時代の詩人、雄弁家であったキケロやセネカ（キケロはアントニウスにより、セネカはネロの刺客によって二人とも不遇の最後を遂げた。）などの文章が頻繁に引用されている。多分、このような人々の文章のみならず、ともかくギリシャ時代から彼の時代まで、記述される無数の歴史の事実、私は知らない事ばかりであったが、彼の優れた記憶力、読書量はたいしたものだと思った。

旧教の立場であるが、彼自身は穏健派で双方の融和に勤めたこと度々であった。『随想録』では一貫して人文主義者としての立場で書かれていて宗教に関する記述は非常に少ない。

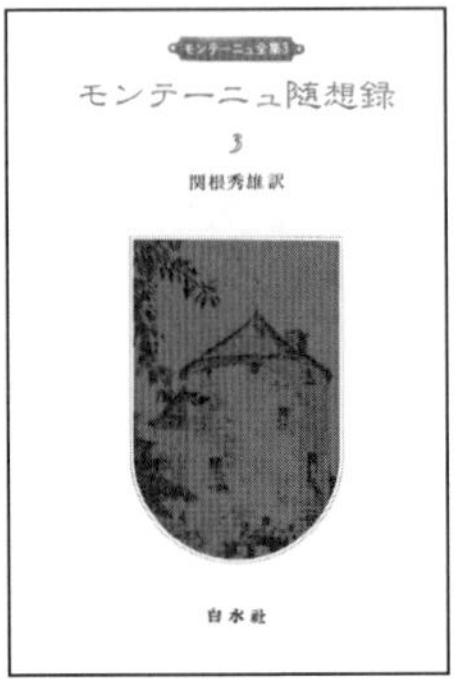

随 想 録
(表紙は各冊同じでモンテーニュの館)

ミシェル・ド・モンテーニュ

モンテーニュはこの本を三度にわたって加筆していて、最初の出版が、一五八〇年または一五八二年、四七歳頃の時で、二度目の版は一五八八年、五五歳の時である。三度目はそれ以後。第二〇章では、一五七二年に書いていることが述べられているので、三九歳の時には既に書き始めていて、最初の出版まで、八年かかっていることになる。

彼の文章は、関根氏の各章における徹底した懇切丁寧な解説文を含めると、翻訳書はA五判で七冊、総計二〇〇〇ページを超える一大長編である。構成は第一巻が五七章、第二巻が三七章、第三巻が一三章となっている。

原題は『Essais de Michel, seigneur de Montaigne』（モンターニュの領主ミシェルのエッセイ）であって、このエッセイというのは、試しという意味で、この時にエッセイという文学上のジャンルは存在しなかった。今日、エッセイというのは随筆の別名に使われているが、これはモンテーニュのこの本が由来の始まりであり、これに『随想録』という名を与えたのは、訳者関根氏であったという。

この膨大な本の内容は、世にさまざまなる解説本が存在するし、それをことあらためて述べても詮無いことなので、ここでは、私が感じたことを率直に書いてみたい。

まず、この序文が彼の意図を言い表している。

読者よ、これは嘘偽りのない真正直な書物です。……わたしはただ、親戚の者や友人たちだけのためにこれを書いたのです。……この本を読むことによって、彼らが従来わたしについて思い抱いていた知識をいっそう完全ないっそう生きたものにしてくれるようにと、ただそう思って書いたのです。……どうか皆さん、この本の中に、わたしの自然の、日常の、固くもならなければ取りつくろってもいない、ありのままの姿を見てください。まったくわたしは、わたし自身をここに描いているのです。……こんなつまらない主題のために大切な時間をつぶさせるのはほんとうにばかげていますよ。では、さようなら。

これを、モンテーニュを徹底的に読んだに違いない約二〇〇年後のジャン・ジャック・ルソーの自叙伝『懺悔録』（岩波文庫、石川戯庵訳、初版一九三〇年）（注四）の最初と比べて見ると、

私はこれまでに先例のない、又今後に模倣者のあるまじき一つの企画を懐いてゐる。私は我が同胞に、自然の儘を丸出しの人間一人を見せたいのだ。そしてその人間は私なのだ。私だけだ。私は自分の心を感ずる。そして人間といふものを知っている。・・・

この両者を比較するとよく解るように、ルソーは随分気負っている。これに比べモンテーニュには脱力した姿勢が顕著である。しかし、その書かれた本の長さは、モンテーニュの方が約二倍である。私もモンテーニュの本の方が私の今の気分と近く、ずっと親しみを感じる。

わが国では、吉田兼好の『徒然草』の最初の書きだしの文、「つれづれなるままに日ぐらしすずりにむかひて、心にうつりゆくよしなしごとを、そこはかとなく書きつくれば、あやしうこそものぐるほしけれ」が有名だが、モンテーニュも第一巻第八章「無意について」で全く同じことを言っている、

つい先頃、わたしはできるだけほかのことにはかかわりあわず、ただわたしに残されたこのわずかの歳月を独り静かに送ろうと決心してこの家に引きこもったが……ところがあにはからんや。無為は精神を分散させる（ルカヌス）ので、かえってわたしの精神が手綱をはなれた馬みたいになり、

他人のために苦労するよりも百倍も自分のために苦労していることを知った。いや、それが余りにも奇怪な妄想を後から後へと、順序も計画も生みだすので、わたしはそのおろかしさや、その異様さをとっくりと考えて見ようと思い、それらを一つ一つ書きつけて見ることにした。

私は、この長大な書を読み通して、彼の言いたかったことを、いくつかの項目に分けて、自分が考え、感じたことをまとめてみたいと思う。

一、考え方

まず彼は、第一巻第十四章「幸不幸の味わいは大部分我々がそれについて持つ考え方のいかんによること」という章で　ギリシャ、ローマの歴史上の事実を縷々（るる）集めていろいろ書いている。そしてその事実を示した上で、人間は、物事それ自体によってではなく、彼らがこれに関していだいているところの考えによって苦しめられている。自らは心配もせず窮屈な思いもしないで、しかも何の不如意も感じない人、財産が集まろうと散らばろうと少しも気にならず、そんなことよりもずっとふさわしい、静かな、しかも自分の心にかなった、別の業に打ち込んでいられる人こそ、幸福ではないか、という。

関根氏によると、表題は古代ギリシャのエピクテトスの格言であるが、この格言はモンテーニュの書斎の天井にギリシャ語のまま記されていたという。そして、これは「物は考えよう」という東洋人なら誰しも口にする楽天的諦観であり、一種のエピキュリズムであって、すでにモンテーニュ彼自身のものになりきっている。ストア学者のように緊張努力してことさらに困難な徳をめざして自ら苦しむよりは、むしろおとなしく自分の天性、生まれつきの傾向にしたがって、楽に、自然の命令どおりに、生きようではないかと、かなり率直に自分本来の根本思想を述べていて、この根本思想に関するかぎり、各期を通じて彼は変わることがなかった、と解説されている。

この点で、かつて私は自分は寺田寅彦にはなろうと思ってもなれない。いや、しかし、人はそれぞれ異なる。自分はそれでいいかと思う、と書いたことがあるのだが、(『気力のつづく限り』(丸善プラネット、二〇一五年、あとがき) そういう心持はモンテーニュと一緒だなととても嬉しく感じた。

二、中庸を好んだ現実主義

第一巻第二三章「習慣のこと及びみだりに現行法規をかえないこと」の中で、モンテーニュは、「私は革新が嫌いである。それがどんな顔をしていようとも、……人がこういうのは当然である。それは図らざるにいろいろなものを産み出した。害悪や破壊をまで産み出した。そしてこれらは、その後革新そのものと別に、いや革新とは逆方向に、伸びていった。こうなっては、革新はまず自分自身を改革してかからなければならない」と書いている。これは、カルヴァン、ルターの新教、カトリック教会の旧教に関する激烈な戦乱の引き続いた時代のさなか、しかもモンテーニュがその戦乱の渦中にいて、政治的にいろいろ活動せざるを得なかった立場での発言である。

また、彼は、忌憚なく言うならば、自分の意見を尊重するあまり、「これを実現するためには、世の中の平和をくつがえしてもやむをえない。内乱や国体の変革が、重大な問題において、あのようにたくさんの避け難い不幸をもたらしても、その国に恐ろしい人心の腐敗をまねいても、やむを得ない」などと考えるのは、はなはだしい自惚れであり不遜である……我々の現在の争いの中には、あるいは廃すべき、あるいは復活させるべき、さまざまな問題がある。いずれも重大深遠な問題であるが、両派の理由と根拠とを確実に認識し得たと自負しうるものが、果たして幾人いるだろうか。それは神様が御承知である、とも書いている。

関根氏は、解説で、このパラグラフはどこかの国のコミュニストにも読ませたいものである、と述べている。

さらに第一巻第三十章「節制について」でモンテーニュは、わたしは天性ひかえ目な中庸を得た人々を愛する。・・・カリクレスはプラトンの中で、哲学の極端は有害であると言い、役に立つ範囲を越えてこれに没頭することを諌めている。・・・ほんとうだ。まったく深入りすると、哲学は我々の生まれつきの自由を拘束し、そのくどくどしい詮索によって、自然が造ってくれた美しい平かな道から我々をそらせる、とも書いている。

三、孤独について

第一巻第三十九章「孤独について」で、モンテーニュは、孤独生活の目的は結局ただ一つ、よりゆっくりと、より気ままに、暮らすことにあると思う。だが人は、必ずしもそういう道をとってはいない。……どうしても我々は、我々のうちにある卑俗な性分から離れなければならないのだ。浮世を離れて自己を取り戻さなければならないのだ、という。

この世で一番大切なことは、自分になりきれるかどうか、ということである。……どんな仕事でも同じことだが、この著述業というやつも、またなかなか苦しく、同じように健康の敵であって、この健康こそ第一に考えられなければならないのだ。……書物は面白いものである。しかしこれに耽ることから我々の至上の宝ともいうべき陽気さと健康を失うくらいなら、むしろ始めからこれを捨てようじゃないか……わたしより賢明な人たちは旺盛な霊魂をもっているから、全く精神的な安静を造り上げることができる。だがわたしはふつうの霊魂をもっているだけだから、肉体的愉快の助けを借りて自己を支えてゆかなければならない。ところが、年齢がかつてわたしの心に適っていた愉快を今しがた持って行ってしまったから、わたしは自分の欲望を、この今の季節にふさわしい残りの快楽に対して慣らしかつ鋭くする……ある人が、「多くの人々にしられないような学芸のために、そんなに苦労して一体どうする気か？」と聞かれて、「いやわずかの人が知ってくれればそれでたくさん。一人でもたくさん。いや誰にも知られなくたってたくさん」と答えたのを。これこそもっとも千万な返答だ、……いかに己れ自らに語りかけるべきかをこそ、尋ねなければならないのだ、というのが彼の意見であった。

関根氏は解説で、一般的に古今東西を問わず、陶淵明とかモンテーニュとか、いわば乱世に生を受けた「在野の閑人」はいずれも皆「人間の問い」にまともにぶつかって、その答えをうるにはどうしても俗を離れて自分独りにならざるをえなかった。「名利に使われて静かなるいとまもなく」、「蟻のごとくに集まりて東西にいそぎ南北に走る」（注五）輩と思いきって絶縁しないことには、自分対自分の対話をし、「人間の問い」の答えを得ることなど出来るはずがない。そこで兼好も長明も西行も芭蕉も、また「森の生活」の著者ソローもわがモンテーニュも、皆ひとしく「独り」を求めたのであり、中国の戦国時代もたくさんの隠逸の士とその詩文を生んだのである。だが、それは必ずしも単なる逃避に終わってはいない。それは積極的な、一種独特な生活態度、反体制者の生活の型を作り上げている。モンテーニュの一生はまさにその好典型であり、……と書いている。これは実は多少は現在の私の心境でもある。

さらに氏は、もっとも本章における隠遁生活へのあこがれは、それまで一七年にわたってあくせくと他人のために働いてきたモンテーニュの、引退後間もなくの感懐として読むべきものであろう。彼は生来人が良くて、とかく人から利用されがちであったし、人がこまっているのを見ると黙って見ていられないという、案外世話やきの面ももっていたようである。それにあこがれの隠遁生活も実際にはそう永続きせず、やがて再び公的生活、政治活動へと戻って行ったことも、看過することができないとも述べている。長い間モンテーニュを研究し尽くした関根氏だからこその言であると思えた。

四、死について

彼は、第一巻第一四章で、死はただ一瞬間のことであるから、ただ思惟によってしか感じられないと述べている。そして他の人の言からの引用であるが、それは過ぎたか、あるいはまさに来ようとするもの、その内には現在的なる何ものもない。死その物は死の待望ほどに苦しくない、死はその後に来るものによってのみ不幸なのだ、という。

彼は、百千の動物、百千の人間は、あなやと思う間もなく死んでしまう、まったく、我々が死においてもっぱら恐ろしいと言っているものは、常にその先駆をする苦痛なのだ。いやそれよりか「先にゆくものも後に来る者も、共に死の属性ではない」というほうが真実に近いように思われると書いている。

第一巻二十章「哲学するのはいかに死すべきかを学ぶためであること」において、モンテーニュは次のように書いている。キケロは、「哲学するとは死に備えることに他ならぬ」と言った。……つまり研究と瞑想は我々の霊魂を我々の外部に引っぱり出し、これを肉体と別個にはたらかすことであり、結局死のお稽古かその予行演習みたいなことになるからである。……世上もろもろの学説は、そこにとる方法はいろいろであるけれども、畢竟そこに、快楽こそ目的であるということに帰着する。

こんなことをここでは彼は二九ページにも亘って書いている。この本でよくあることだが、往々にして彼の叙述はいかにも冗長である。

なお、この二十章での解説で関根氏は、本章を書いた頃の若いモンテーニュの眼には「死」は急激に突如として我々を襲う人生最大の不幸として映ったから、いくらか構えた態度でストア的に死に対している。やがて七四年頃には落馬して失神するという経験を持ったし、(第二巻第六章「実験について」)、さらに七七年以降はしばしば腎臓結石の発作に見舞われるようになったから、死というものはむしろゆっくりと静かに近寄って来るものだということを覚る。従って、死は生と対峙してあるのではなく、むしろ生の延長線上に、生の一部としてあるのだと意識するようになる。すなわち一五七二年に相対したのは激烈急激な死であり、八八年に彼が向かい合った死は、病みかつ老いたる者が徐々に迎える死であった。だから始めは緊張努力を要する対象であったのが、八八年以後はもう特別の構えを必要としなかった。そういうふうにモンテーニュの死に対処する態度には変化が確かにあったけれども、それはむしろ年齢や経験に伴う自然の成り行き、変遷とみるべきものであろうと書いている。

モンテーニュは死についてては、たびたび書いている。

前記の第二巻第六章では、落馬と人事不省、四時間の失神の経験を書き、そこで彼は、死ぬことに対しては鍛錬は少しも我々の助けにならない。習慣と経験とによって、人は苦痛・恥辱・貧乏・その他これに類するもろもろの不運にたいして自己を鍛えることができるけれども、死に至っては、我々はこれをただの一度しか試みることができない、と記している。

また、第三巻第十二章「人相について」では以下のように述べている。

未来の心配によって現在を失ってどうするのか。時が来ればちゃんと哀れな姿になれるのに、今から哀れな姿になってどうするのか（セネカ）。君はいかに死すべきやを知らなくても、なんにも気にすることはない。自然はその場で、十分に、遺憾なく、それを君に教えてくれるであろう。

わたしの考えでは、なるほど死は生の末端にちがいないが標的ではない。生の終極であるが決して目的ではない。生それ自らが生にとってその目標でありその企図であらねばならぬ。生の正しい研究とは、生を整え生を導き生に堪えることである。この「いかに生きるべきか」という総括的な肝要な一章は、他にもいろいろな義務を含んでいるのであって、「いかに死すべきか」という項目はその内の一つにすぎない。いや我々の危惧が特にそれを重視しない限り、それはその中で最もつまらない項目なのである。

さらには、第二巻第十三章「他人の死を判断することについて」では次の文章がある。

他人（ひと）が死にのぞんで示す覚悟のほど（それが本物かどうか）を判断するにあたっては（死こそは人間の一生のなかで最も注目すべき行為であるから）是非とも次の一事を忘れてはならない。すなわち、人は容易に自らその時に来ているとは信じないものだということである。……そういうわけで我々は、己れの死をいかにも一大事であるかに考えてしまう。「それはそうやすやすと起こることではない。もろもろの天体の御協議がなくてはおこるものではない」などと考えるようになる。……そして自分を高く評価すればするほど、いよいよそう考える。……誰一人として、自分がただの一人にすぎないことを悟っていない。

死への態度では以下のようにソクラテスを誰よりも尊敬している。

わたしの考えでは、ソクラテスの一生のうちで最も輝かしいことは、彼が三十日間その死の宣告を反芻したことである。このはなはだ確実な死を待つ期間を通じて、心を動かすことも顔色を変えることもなく死を消化したことである。その行動といい言葉といい、いずれもむしろ平静であって、少しもそういう重大な瞑想によって緊張興奮した様子を見せなかったことである。

五、人文主義、社会論において、歴史の先覚者であったこと

第一巻第二六章「子供の教育について」

この章は、ある貴族の夫人が懐胎していた若様の教育の為に書かれたという。これがまた六四ページにも亘っているのだが、私がエッセンスと思われるところは単純である。本文での価値ある文章は一行だけと思う。それは、歴史こそ、私の考えるところでは、もろもろの科目の中で最も我々の精神が、いろいろな程度に（すなわち深くも浅くも）打ち込むことができる、科目でございます、という主張である。

関根氏の解説では、荻生徂徠は「学問は歴史に極まり候」と言った。人生いかに生くべきかという、誰にも逃げられない普遍的な課題の究明は帰するところ歴史を深く知ること以外にないと、徂徠は信ずるに至ったらしい。モンテーニュの歴史観も同じであったと私には思われる、と書いている。

さらには、この教育論の中で、弟子の生活上の規則を古代には学んでも、ただのいっぺんも宗教に訴えることはしていない。そして、もっぱら批評の精神を養うこと、正しい判断力を持たせることを根本としている。以上二つの点から彼は近代の自由思想の先覚者と言い得る。ルソーの教育論の中の実行可能な部分がたいていこのモンテーニュから出ていることも忘れることはできないと加えている。

第一巻第四十二章「我々の間にある不平等について」

モンテーニュは人間は人柄によって判断すべきで、その身なりによってすべきでない。……（クセノフォンが書いた）ヒエロンが嘆いているのは、「彼の恭しい言葉づかいも彼のかしこまった礼節も、彼はそれをわしに拒むことができないのだと思うと、どうしてそれを真に受けることができようか。我々が我々を恐れるものから受ける尊敬は真の尊敬ではないのである。それらの尊敬は王位に対して払われているので、わしにたいしてではないのである」を引用している。

関根氏はここでも解説して、本章は思想の上から見ても、民主主義の歴史の上から見ても、重大な意味をもっている。……人間が生まれながらにして平等であるという事実を読者にさとらせているからである。……まさしくこれは今日の民主主義の第一歩、基本的人権論の萌芽であったといえよう。……ここでもわれわれは『随想録』が当時のインテリにとってきわめて巧妙な精神革命の書であったことを知らさせる、と述べている。さらに、ルソーの『人間不平等起源論』は一七五五年に書かれたが、本章は一五七二年に書かれているから、ルソーより二百年前に書かれていると指摘し、モンテーニュの先覚的意識を高く評価している。私が考えるに、この本が正にエッセイとして書かれているので、政治学の上では、論及されることがほとんどないのであろう。

関根氏は、第二巻第十二章の解説では、サント・ブーヴは「『パンセ』【パスカルの著】の中でバイブルから来たものでないものはすべてモンテーニュから来ている」と言った。けれどもパスカルはモンテーニュとは正反対な人間である。……少なくとも「神なき人間の悲惨」と書いたパスカルよりも、モンテーニュの方がはるかに幸福な生涯を生きた、と述べている。パスカルはデカルトより約三〇年後、モンテーニュより約九〇年後の人間である。

六、考えの柔軟性について

第一巻第四十一章「名誉はなかなか人に譲らないこと」では次のように書かれている。

世にあるもろもろの迷夢のうち最も広く人々にいだかれるのは、評判や栄光にたいする執心である。……この気分「虚栄心」こそ、哲学者でさえもが一番骨折って脱却するものであるらしい。これこそ一番頑固執拗な気分である。「それは徳の道に最も深く進んだ者をさえ誘惑するからだ」(聖アウグスティヌス)。これくらい理性によってそのむなしさが明瞭に摘発される気分はちょっとないけれども、それは我々の心の中にきわめて深く根をおろしているので、さっぱりとそれを脱却しえたものがかつてあったかどうか、このわたしも知らないくらいである。いくら君たちがそんな気分はもっていないと言ったって、またそう信じたって、だめである。それはそのすぐあとから、君たちの理性にさからって、君たちの心の奥の奥に、とうてい抵抗しきれないある傾向を生ぜしめる。

私はかつて自著『いつまでも青春』の中で「欲望、特に名誉欲」として、人間には元来それがあることも認めた方がよい、と書いたし、それは文明の発展にとって不可欠なものであると思い、その意見は変わっていない。モンテーニュは、ローマ時代、中世の神聖ローマ帝国、英仏の百年戦争からの、他人の為に自分の名誉を捨てた、いくつかの事例を書いている。こんなところにも彼の博識ぶりが示されている。

第一巻第四十七章「我々の判断が不確実であること」の中では、モンテーニュは、

次の句はなかなかよいことを言っている。善くも悪くも言いようはたくさんある（ホメロス）。何事についても、たくさんの言い方がある。賛成するにも反対するにも。などと書いており、

ポンペイウスがカエサルとの戦いで、自らは動かず敵が来るのを待機した、それが戦士の意気を阻喪させ、敗北の原因となった。これがプルタルコスの意見であるが、もしカエサルの方が負けていたらどうだろう。とモンテーニュは言うのである。このように結果ばかりから論じるのではなく、双方の可能性を考えて見る考えの柔軟性は重要であるとあらためて思う。

第三巻十二章「人相について」についての解説で、関根氏は、

「だがこうも言えよう」と言って反対の理由をかかげるのは、モンテーニュの特技でもあり、その根本思想の一つである。彼の書斎天井には「いかなる理由も反対の理由に会わざるはなし」というエンピリクスの句が記されていた、と述べている。

七、くどさ加減

第二巻第八章「父親の子供に対する愛情について」

この章は退屈な三三ページにもわたる文章で、モンテーニュの文はこういうものが多々ある。

第二巻第十二章「レーモン・スポン弁護」

この章が、随想録で一番長い。なんと関根著の第四分冊全部でページ数は三〇四ページである。

関根氏は、随想録きっての雄篇と言っている。確かに長さから言えば圧倒的に他の一〇六個の章より長い。しかし、中身は宗教論、神学論、懐疑主義、さまざまなる歴史的例証を挙げて、ひたすらその分析に努力を費やしている。当時の感覚から言って、これらが非常に人生にとって重要なことであったのであろう。ともかく読み通さなければの一途で、何とか読み通したけれども、正直言って今の私にとって中身は全く面白くなかった。というよりも、今の私自身がこのような論議に意義を認めないし、いや興味を持たないということが、その本質であろうと思う。

解説では、本章は、ナヴァール王妃マルグリット・ド・ヴァロアが、パリから脱出した夫のもとへ、一五七八年に戻る際に（それまで彼女は兄アンリ三世のもとで監禁されていた）、ボルドー市でモンテーニュに会い、助力を懇請し、同時に彼女が信奉するスポンの『自然神学』の弁護を依頼したのではないかと言われている（注六）。

モンテーニュは、一応宗教の存在を認めているが、一方で多くの神学を意味のないこととしていて、これが、カトリック教会から『随想録』を禁書とされた理由であったらしい。

しかしその中でいくつか心にとめた文章があり、それらは、以下の項で記述する。

また第三巻は章の数は一三で少ないが、各々の章は一〇〇ページを超える長文のものが、三つもある。これらは、内容があまりにくどく、読み通すだけでも大変であった。こんなところは他の西欧人の著作にもよくあることなのだが、我々日本人とは体質的に全く異質のものを感じた。この点、たとえば兼好法師の文章などは短いながらも、内容を言いきっているというような名文が随所に見られる。

また、新大陸や、ペルシャ、アラビアなどの異国における風俗、残虐な処刑などの伝聞に基づく記述がたくさんあるが、私も想像でしかないが、こんな事は考えられないと言った感じのことが随分たくさん書かれている。それにしても、古代ギリシャや特にローマでの権力闘争では、凄惨な処刑が無数にあったことが多くの章で書かれていて（これらは文書からの知識であろうが）、ひどい時代でもあったなあという感慨を覚える。これらは、解説でほとんど書かれていないが、いずれも当時の戦乱の時代と対比されるから書かれているのだろうから、彼の時代もひどい殺戮の時代であったことが想像される。

これには歴史的例示としての挿話がもの凄く出て来て彼の博識の程が解るのだが、わたしはそのほとんどがくわしく前後を知らないことだったので、書かれていてもかえって繁雑になるばかりで、いささか余計である印象を受けた。また古代ギリシャおよびローマの無数の文章の引用も、一行あるいは二行の詩句がでてきても（それらは原著ではしばしばラテン語で文章に香りをもたせるアクセサリーとなっていたようだが）、文章が類似ということだけのものだから、彼の本文の意味を追う読者にとってはほとんど無用なものと感じた。

八、宗教、哲学について

モンテーニュのこの主題に関する考えは融通無碍と思う。第一巻第五十六章「祈りについて」で、我々は習慣で祈っている。いや、もっと正直にいうなら、我々は祈りを読んでいるのだ。いや、発音しているのだ。結局それはうわべだけのことであると言っている。

第二巻第十二章「レーモン・スポン弁護」で、なぜ、アリストテレスばかりでなく哲学者の大部分は、むずかしさを衒ったのか。要するに空虚な主題にもったいをつけるため、我々の好奇心を、これにああいう肉のついていない、うつろな骨片をかみしゃぶらせることによって、はぐらかすためにほかならない。……愚かな人間はまんまとつかまされる。と述べている。また、次の言葉は、実に痛快である。人間ははなはだ狂っている。虫けら一匹造れもしないくせに、神々を何ダースとなくでっちあげる。

関根氏は解説で、彼はストア説であろうとエピクロス説であろうと、どちらにしても、それを金科玉条として公式的に固守しようと思っていない。彼は学者でなくて生身の人間であり常識家なのだ。……カトリック神学にしろ、プロテスタント神学にしろ、すべての観念論のむなしさ、神学説のおろかさを、モンテーニュは指摘するのであると。

彼はプラトンに対しては甚だ否定的である。対話の指導者として、ソクラテスは、常に問いを設けては議論を誘発してゆくが、決して結論をせず回答を与えない。……プラトンからは十の異なった学派が生まれたという。わたしが考えても、彼の教えくらいふらふらして何一つ断定しない教えはかつてなかったのである。……彼らは肝心なところでは曖昧な書きぶりを示し、ところどころ独断的な調子も交えてはいるけれども、教えようというよりはむしろ問おうとしているのである、とプラトンに対する批判が続いている。

第三巻最後の十三章「経験について」の解説で、モンテーニュのこの本が、当時のカトリック教会で批判、警戒され、一六七六年以来禁制書目録にあげられていた、という。それが解かれたのは実に一九三九年で約二六〇年後であり、法王ピウス十二世は即位に際して、モンテーニュのカトリック教会に対する功を認め、『随想録』をそのリストから削除したそうである。こういう頑迷な組織が今もって世界の多くの人たちを惹きつけている。それは、荘厳さとか、伝統とか、清らかな精神の美しさとか、全く別の魅力、感覚的なものからであろう。一番重要と思われる思想性からではないのである。

九、東洋思想との類似

最初の一、考え方、で既に書いたのであるが、我々がよく口にする「物は考えよう」という柔軟な発想をモンテーニュもいつも意識していたようである。

第一巻第一章「我々の行為の定めなさについて」で、

我々は自分で行くのではない。運ばれてゆくのだ。まるで水に浮いた物のように、波が怒っているのか静かであるかによって、あるいは静かにあるいは荒々しく。

第二巻第一二章「レーモン・スポン弁護」で、

華やかな壮年時代がようやく移ろいそめると、老年が訪れる。青春時代が終わると、壮年の時代が、少年時代が終わると青年の時代が、赤子の時代が終わると少年時代が到来し、昨日が死んで今日が生れ、今日が死ぬと明日が生れる。世には何一つとしてつねに一つであるものはない。

これらを読めば誰でも、ここには『平家物語』あるいは『方丈記』とまったく同じ東洋的感覚を感じるだろう。

第三巻第十三章「経験について」では、

我々の偉大で光栄ある傑作とは、適正に生きることである。そのほかのことは、統治することも、お金をためることも、家をたてることも、皆、せいぜい附属的補佐的な事柄にすぎない。

これについて関根氏は解説で、適正に生きること(vivre a propos)とは、我々東洋人風に言えば「随処に主と作（な）れ」ということになろう、と書いている。これは禅宗の教えで『臨済録』の中にあり、私は高校の校長の山本光先生から在学時代に習って覚えていた。

三、孤独について、で触れたのであるが、モンテーニュのこの書を執筆した立場は、日本での有名な中世の随筆文学者と非常に類似している。三大随筆と言われる中では『枕草子』は感覚的であり、著者の社会に対する観照的立場の類似性から言っても、比較すべきは言うまでもなく思索的な『方丈記』と『徒然草』であろう。これらは隠者文学とも言われるが、時代背景は前者は源平時代、後者は、鎌倉後期から室町への南北朝の戦乱の時代である。しかし、彼らの作品には戦乱の記述はほとんど出てこない。

むしろ、前者はうちつづく都での大火、飢餓、疫病、地震が頻発したことが書かれており、社会の脱落者とも言うべき鴨長明（もともと父が下鴨神社の正禰宜という神官であったが、それを継ぐことができなかった）にとっては、これらが世をはかなむ見方につながっている。五〇歳で遁世し、八年後に短文の『方丈記』を書いた。吉田兼好のほうはこれも卜部家という吉田神社の神職の出身だが、早くから戦乱を避け、世の競争の埒外から、悠々たる風流の人生を楽しみながら深い洞察を示した。彼は一説によると、『徒然草』を二〇歳代の頃から書き始め、中断を経て、一〇年以上書き続けたから、二〇年以上かかったという。特に、『徒然草』には無常観とともに、多角的な視野が見られ、自然に対する見事な観察と美意識、芸術的趣味、堀池の僧正、仁和寺の坊主の話などユーモラスな物語も登場した。

一方、モンテーニュは、既述のように、館の領主であり、ボルドーの市長にもなり、フランス王の相談相手にもなった貴族であって、隠棲して『随想録』を書きあげたのだが、全く政治社会からの脱落者ではない。だから、記述は、古代からの数々の戦争、権力者の動向も取り上げ、自らの政争のなかの活動も記述している。その意味で隠者とは程遠い。だから、人文主義者として社会思想家の面も兼ね備えている。ただ、人間の生死をどう考えるか、という点では、兼好もモンテーニュも基本的には肯定的であり、我々にも多くの教訓を与えている、ということが言えるであろう。

一方、関根氏は、いたるところで老荘と『随想録』との間に不思議な暗号が示されるという。

第一巻第十四章で、以前にも記した「幸不幸の味わいは大部分我々がそれについて持つ考え方のいかんによること」は、死生禍福を一如とする老荘の万物斉同論（注七）にもつながると指摘し、

第二巻第十一章「残酷について」の解説では、

> 徳の極地は、各自が運命から与えられた一生を完遂した上、未練なく、満足のうちに、欣然として最期の関門を通過することにあるとして、小カトーおよびソクラテスの最期のありさまを物語る。そこには「奈何（いかん）ともすべからざるを知りて之に安んじ命に若（したが）うは徳の至りなり」（荘子）という東洋人的死生観との暗号一致が読みとられると書かれている。

第二巻十二章、第二部　「人間理性の批判」において、モンテーニュが述べた、

> 何かを探し求める者は、結局「ああ見つかった」とか、「どうも見つからない」とか、あるいは「自分はなお模索中だ」とかいうことになる。哲学もすべてこの三類に分かたれる。逍遥学派【アテネにおけるアリストテレス一派】、エピクロス派、ストア派その他はそれを見つけたと考えた。・・・ピュロン学者【懐疑主義】たちは、自分達はまだ真理を探究しつつあるという。判断のこういうまっすぐで曲が

らない、すべての物を順応も賛成もせずにただ受け入れる態度は、彼らをアタラクシアに導く。

これに対し、関根氏は、明治の学者はアタラクシアに対し「恬静」(てんせい)という訳語を与えた。けだし「虚静恬淡寂寞無為」という老荘の徒の心境と相通ずるものを感知したからであろう、と述べている。私は万物斉同論、恬静といずれの言葉も知らなかったが、そういうことらしい。

十、ユーモア　シニカルさ

第一巻第二二章「一方の得はもう一方の損」で、
商人が栄えるのはただ若者の乱費のためだし、百姓が栄えるのはただ麦が高いためだし、建築家が栄えるのは家が倒れるため、裁判官が栄えるのは世に喧嘩訴訟がたえないためである。聖職者の名誉とお勤めだって、我々の死と不徳があればこそだ。「医者は健康が嫌いで、その友人の健康をさえ喜ばない。軍人は自分の町の平和をさえ喜ばない」と古代の喜劇作者は言った。いや、皆さんがそれぞれ心の底をさぐってごらんになると解るが、我々の内心の願いは、大部分、他人に損をさせながら生まれかつ育っているのである、と。
第三巻第一章「実利と誠実について」で、
我々の存在はもろもろの病的特質で固められている。野心・嫉妬・そねみ・復讐・迷信・絶望なども、まったく自然からの授かりものとして我々のうちに宿っている・・・。まったく同情の気持ちを十分にもっていながらも、我々は他人の苦悩を見ると、心の底に何とも言いようのない、甘いような苦いような、意地の悪い快感を覚えるのである。

こういうことを、しかもそれは確かに人間生活の真実でもあることを平気で淡々と述べるところが、彼の枯れた心境を表していると思った。

ただ、モンテーニュの文はあくまでも説明的であって、兼好法師のような軽みのあるユーモアは全くなく、読んでいる楽しさという点では、はるかに妙味がない。

十一、女性に対して

第二巻第十六章「栄光について」で、モンテーニュは、

もし彼女たちが、特に自分の義務を尊重することをせず、純潔そのものを大切にする心持までを忘れるようなら、婦人たちの名誉はただ他人に知られるか知られないかによってきまることになろう、と述べている。

私は「女性に対してはひたすら貞操純潔を求めている」という点で、当然の主張ではあるが非常に古風だなと感じた。

第三巻第二章「後悔について」でモンテーニュは次のように書いている。

私生活においてまで秩序の保たれている生活こそ無上の生活である。人は誰でも狂言に加わり、舞台の上で紳士淑女を演ずることができる。だが、すべてが我々にゆるされ、すべてが隠れて見えない内部において、その胸の中において、規則にかなって在ること、それが肝心である。これに近い段階が、自分の家において、自分の日常の行為において、すなわち誰にも遠慮気兼ねもいらない行為・なんらの思惑も技巧も交わらない行為において、規則にかなうことである。

関根氏はこれに対し、以下のように述べている。

これは家庭内におけるモンテーニュの姿を如実に示している。彼は母親にも妻にもまったく理解されていない。まだ引退するほどの年齢でもないのに、さっさと評定官をやめたことは、二人の女性には、わがまま者・変人の所為としか思われなかった。特に妻フランソワーズは高級法官の娘である。夫が法官として出世することを望んでいたに違いない。それが塔の三階にたてこもって、何やらわけの解らんことを書いている。モンテーニュ夫人の浮気も、結局夫の「閉じこもって出ない」性格と「出好き」、「派手好み」という二つの相反する性格が生んだ不幸であった。淡々とのべているようだが、私はここにモンテーニュのやる方なき不満を感じとる、と。

私にとっては、ここまでには彼の妻のことは何も書かれていなかったので、当初怪訝な思いだったのであるが、このことは他の章でも触れられている。

それは第三巻第五章「ウェルギリウスの詩句について」で、この章は、人間の性愛について、随分、赤裸々な記述があるのだが、

あんなに自然で必要で正当な生殖行為が、人間にとって一体どうだと言うのか。何だって恥ずかしがらずに、それについて語ることを敢えてしないのか。なぜそれを厳粛な談話から除外するのか……なぜあのことだけは歯の間でなければ言わないのか……アリストテレスが言うように、「つつしんでまじめにその妻に接しなければならない。余りに好色的に彼女をくすぐって、快楽が彼女を理性の外におしだすようなことがあってはいけない……元来、恋愛と結婚とは全然別個の考えに立っているのだ。……

このようにモンテーニュは、堂々たる言論を吐いているのだが、一方で、つぎのようにも書く。

結婚のにがさと甘さとはいずれも賢者がかくして言わないことである。実際結婚にはいろいろとわずらわしい事柄がたくさんあるが、なかんずくわたしのようにおしゃべりな男にとっては次のことが一番困る。すなわちこのことについては、知っていることも感づいていることもいっさいこれを人に洩らしてはならず、それを洩らすのは通例ぶしつけで有害なこととされていることである。

関根氏はこれに対して、以下のように述べている。

モンテーニュその人も、騒ぎ立てずにコキュ（cocu）たることに堪えたオネトム（honnête homme注八）だったのではないかと思われる。……自らコキュであることの心中の憂悶を軽々しく人に語ることはしないが、じぶんと一心同体であるエッセイに向かってはそれを語らずにはいられなかった。彼自らコキュであったことは疑う余地がないように思われる。

ところが、一方、第三巻第三章「三つの交わりについて」で、三つの交わりというのは、友愛と恋愛と読書の比較なのだが、その中で、モンテーニュは書いている。

わたしは実際以上に良く見られようとは少しも思わない人間であるから、次に若いときの失策を一つお話ししよう。ただ健康を害する危険を思ったからばかりでなく（実際わたしもうっかりして、軽微な前触れには過ぎなかったが、二度ばかりひっかかったことがあるのだ）、侮蔑の念もあって、あまりわたしは金銭で買う娼婦との交わりに身を委せたことがない。わたしは困難と欲望により、また多少の栄誉によって、恋の喜びをいやが上にも強くしようと思ったからである。……まったく正直に答えるなら、この二つ【精神と肉体】の美の内どちらかがどうしても取り上げられなければならない場合には、わたしはむしろ精神の美の方を思い切ることであろう。精神はもっと立派な事柄の中にその用があるのである。だが、恋愛となると、もっぱら視覚と触覚とに訴えられるのであるから、優雅な精神がなくともことは足りるが、優雅な肉体がなくてはどうにもならない。実に肉体美こそは婦人がたのほんとうの優越である。……以上、二つの交わり「友愛と恋愛」は偶然によって生じ、他人に依存する。一方は稀でこまるし、もう一方は年齢とともに色あせる。従って両方とも、わたしの一生の要求をみたすには足りなかった。第三の、書物との交わりは、それらよりはずっと確実でまたずっと我々のものである。……いつでも同じ顔で私を迎えてくれる。

関根氏はこれに対して、以下のように述べている。

ここには明らかにモンテーニュが娼家の婦女とかかわりをもったことが読み取られる。彼の性病は、彼の子供たちが皆生れると間もなく死んで行った事実（注九）から、おそらく梅毒であったろうと、ワイラーもニコライも考えている。アルマンゴー博士も、どこかで、同様の所見を述べていたように思う。

私はこういうモンテーニュの実生活を知ると、彼は個人的な家庭生活では、およそ満ち足りてはなく相当不幸な人だったということが解った。

十二、読書について

第二巻第十章「書物について」で、モンテーニュは次のように書いている。

わたしの意図するところは余生を静かにすごすことにある。いまさら苦労を重ねようとは思わない。そのためにわたしが頭を悩まそうと思うほどのものは、何一つない。そんなことは、学問のためにだって……わたしはごめんこうむる。私が書物をあさるのは、ただそこに上品な遊び方によって幾らかの楽しみを得ようとするからに過ぎない。少しは勉強もするけれど、わたしはそこに、いかにして己れみずからを知るべきかを論ずる学問、よく死によく生きる道を教える学問を、求めているだけである。

一つの本がいやになると、わたしはもう一つの本を取り上げる。……新刊書にはあんまり飛び付かない。どうも古書の方がずっと充実しており堅実であるように思われるからである。

これは、動機はかなり違うのだが、私の場合と似た点もある。彼の場合は、戦乱の中で政治的に動かざるを得なかったから、社会的に非常に多忙であったであろう。私の場合は、専門が物理学であったから、いわゆる読書に対しては、時間も限られていて、いやおうなくそうせざるをえなかった。

またモンテーニュは書いている。

ただ面白いだけの書物の中では、近代のものとしてはボッカチオの『デカメロン』とラブレーと、オランダ生れのジャン・スゴンの詩集『接吻』とを、時間をつぶすだけのことがあるものと思う。

わたしのもう一つの読書、楽しみながら幾らか効果の混じる読書はまずプルタルコス、その次がセネカである。この二つはいずれもきわめてよくわたしの気性に適っている。わたしの求める学問がそこでは断片的に論ぜられていて、わたしにとって苦手である継続的研究を強要されないからである。プルタルコスの『小品集』とセネカの『書簡』とはいずれもそういうふうな書物なのだ。

歴史の研究をするには、あらゆる著者のものを、古人のものであろうと現代人のものであろうと、外国人のものであろうとフランス人のだろうと、ひもといて、彼らがさまざまに論じているもろもろの事柄を学ばねばならない。けれどもカエサルこそ特に研究に値するように思われる。

第二巻第十二章「レーモン・スポン弁護」で、

まことに学問は、はなはだ有用で偉大な性能である。これを軽蔑する者どもは己の愚を証してあまりがある。だがしかし、わたしはある人々がするように、あゝ極端に学問の価値を認めてはいない。第三巻第十二章「人相について」では、

我々が安楽に暮らすには学問なんかほとんどいらない。……書物はわたしの教育にはあまり役に立たず、むしろわたしの鍛錬の方に役立った。

解説では、彼は書物によって物知りにならなかった。むしろなろうとは思わなかった。彼は知識の蒐集にたいして意味を認めなかった。ただ、そこに見出される矛盾と人知の限界とが、いよいよ彼の懐疑を深め、彼の思索をいよいよ精緻精確にした。だからここに、書物はむしろ「わたしの鍛錬の方に」役だったと言ったのである。この一行の句は、彼の人、彼と読書との関係を、端的に言い表している。彼を理解する上で重要な一句だと考える、と書かれている。

十三、まとめとして

第二巻第一七章「自惚れについて」で、この本の意図を再度述べている。それは、

常にすべてを言う必要はない。まったくそんなことをしたら馬鹿をみる。けれども言い出す以上は、心に考えている通りに言わなければならない。そうしないのは邪悪である、と。

第二巻第二一章「無為安逸を諫める」での解説で関根氏は、アンリ三世は一生モンテーニュを信頼したという。彼が下層階級の勤勉と徳とをほめている。彼は王臣であったがこのような財野精神をいたるところで見せている。……モンテーニュはアンリ四世とよく性が合い、一生を通じて互いに信じ信じら

れていた、と述べている。私はこういうところに彼の誠実さが如実に出ていると思う。

モンテーニュは戦乱の時代に生きただけあって、戦闘における人々の奮闘に関する記述、それに関する彼の考えを述べたものが、随処に見られる。

第一巻第三一章「カンニバルについて」で、

剣術に堪能であるということも、それはただの技術であり曲芸であって、卑怯な無価値の人間にさえ、ひょっとすると持ちあわされる。男一匹の真価は勇気にある。意気にある。そこに男の真の名誉は宿るのである。武勇とは腕や脛の強さではなくて、気魄の強さである。……だから、敗け戦にして勝ち戦に劣らず堂々たるものがある。太陽がその眼に見た美しい勝利と言われる、あのサラミス、プラタイアイ、ミュカレ、シケリアの、四つのいずれおとらぬ大勝利も、その光栄のすべてをあわせてさえ、とうてい、あの、テルモピライの谷あいにおける王レオニダス及びその指揮下の戦士の、敗戦の光栄にはかなわなかった（注十）。

テルモピライの険を
背景とする
レオニダスの像

家族の記念写真

私は、少年時代、子供向きに書かれた『プルタ―ク英雄伝』（沢田謙著、偕成社偉人物語文庫、一九五二年、注十一）を読んだが、その中に、テミストクレスのサラミスの海戦の話や、テルモピライの戦いの話が出て来た。後年、ギリシャに家族を連れて自動車で行った時に、オリンピアのあるペロポネソス半島を巡りアテネを通過して海岸沿いを北上して行き、テサロニキに戻る途中、あの天険と書かれたテルモピライはどこかと思いながら、車を進めたら、海岸から直ぐに立ち上がった山々が崖の上に見え、その近くの公園の広場にはレオニダスの銅像が立っていた。

また、モンテーニュは、第二巻第三六章「最も優秀な人物について」で、以下のように書いている。古人はこう判断した。「すべて他の偉大な大将たちは、細かに調べて見ると、それぞれそのひとを輝かす何か特別な性質を持っている。ただこのエパメイノンダス（注十二）においては、彼のいたるところにいつも変わりなく一つの充実した徳と才能とがあった。それは人生のすべての務めにおいてまったく申し分のないもので、私のこと公のこと、戦争のこと平和のこと、輝しくまた偉大に生きあるいは死ぬこと、その他何事においても、いつも立派な力を発揮した」と。これほどわたしが敬愛の情をもって仰ぎ見る風格や運命は他にまったくない。

一巻第五十章「デモクリトスとヘラクレイトスについて」

解説で関根氏は「『随想録』と『徒然草』との違いは、質的なものではなく、スケールの違いというべきであろうか。……モンテーニュは人間を軽蔑すべきものと見とどけながら現世を楽しく生きた。この方が我々二十世紀人には解りやすく近づきやすい。パスカルは聖者であろうが、モンテーニュの方はただの賢者であるから我々と同じ人間である」、と述べている。

第二巻第一章「我々の行為の定めなさについて」で、

わたしは時々思慮分別のある人たちまでが、これらのばらばらな断片を一つにまとめあげようと苦心しておられるのを見ると、なんだかおかしく思うのである。だって心の定まらぬことこそ、我々の天性の最も普通でまた顕著な欠陥ではないかと思われるから。

第二巻第十七章「自惚れについて」で、

ここにもう一つ別種の栄誉がある。我々が自分の価値について抱くあまりに良すぎる意見、自惚れがそれである。これは我々が自分を甘やかす無分別な愛情であって、我々を我々自身に実際とはちがって見せる。

わたしは自分を普通平凡な人間だと思っている。ただそう思っていることだけが他（ひと）と違うところである。わたしは最も低級で平凡な欠点をもっているが、わたしはそれを隠しもしなければ申し訳もしない。わたしはただ自ら自分の価値を知っているということだけが、自分の値打ちだくらいに思っている……まったく、自惚れこそ自分に愉快を与える楽な方法なのである。その愉快はその人自身から引きだされるのだから。

第三巻第七章「高位の不便窮屈について」で、モンテーニュは、

およそ人間同士の交際の間で、我々が、あるいは肉体あるいは精神の働きの上で、お互いに名誉や功績を張りあってする力試しくらい面白いものはあるまいのに、至尊の高位にあるお方は本当にそれにあずかることがおできにならないということである、と述べている。

確かに、人間の本性として、競争というものは非常に面白い。これだからこそ、スポーツの面白さが

あり、あらゆる分野で名誉欲の争いがある。これがなかったら、人生というのは、全く索漠たるものになるだろう。こういうことを率直に語るところに、モンテーニュが多くの読者をひきつけるのだと思う。

第三巻第八章「話し合いの作法」で、

我々の精神を鍛錬する最も有効で最も自然な方法は、私の考えでは対話会談である。わたしは会談をすることが、人生のほかのどんな行為をすることよりも愉快である。……書物の研究は活気のない行為であって少しも人を興奮させないが、会話討論の方は教えるとともに鍛錬する。もしもわたしが気魄ある強硬な相手と議論をするならば、彼はわたしの両脇に迫り右左を突き、彼の思想はわたしの思想に活気を与える。嫉妬や見栄や負けん気は、わたしをいつもよりも高く押し上げる。まったく討論において皆の意見が一致したらそれこそ退屈千万である。……

我々はこの議論とか会話とか題する章の中に、あの友達同士が互いにふざけ、はしゃぎながら相手をひやかしたり、からかったりしている間に、快活と親密との極、おのずからかもし出される辛辣な冗談の類までも、含めてはいけないのだろうか。これこそ、生まれつき陽気なわたしにかなりふさわしい業である。……わたしはここに機知よりも自由を用い、創意よりも幸福にめぐまれたが、我慢においてこそわたしは、完全である。

これらの文章は、人生をあくまでも肯定的に捉えようとするモンテーニュの面目躍如といった文章である。第三巻第十二章「人相について」の解説で、関根氏は次のように述べている。

本章は一五八六年（五三歳の時）ペストの波及で家族をつれて、各地の縁故を頼って放浪の旅を続けた約八ヶ月の空白をはさんだ前後二度にわたって書かれた。一五七六年モンテーニュは「ク・セ・ジュ」

（注十三）の銅碑を作らせた。本章の中で「断然これからは愚鈍学派を守ってゆこう」と宣言し、従前のストア主義の残滓をさっぱり洗い落したこの時を重視したい、と。

周辺の小作人たちが、哲学者以上に落ち着いた態度で死んでいく。ストア学者のあらかじめ備える法などは、いざという場合に少しも役に立たなかった。そこでいよいよ「心気転換の法」（第三巻第四章）による方が我々人間の自然なのだと悟る。我々の意見はほとんどみな、権威を信用した結果いだかせられたものばかりである。これは少しも悪いことではない。……ソクラテスがその子供のように純粋な思想にかほどの秩序を与え、それを変えたりふくらませたりすることなく、それに我々人間の霊魂の最もうるわしい結果を生みださせたのは、ほんとにすばらしいことだ。

関根氏は解説で、彼は神も聖寵もなしに、人間が独力で立派に生き抜くことを理想とする人間主義者である、と述べている。

考えて見ると、人生にはこのような円熟な気持ちに至るには、それ相当の経験と、長い間の考察が不可欠な気がする。そう言う意味で歴史的には僅か三三歳の生活しかなかったキリストの教えにあれだけ多くの人々、西洋人全体が動かされてきて現に動かされているというのは、実に不思議である。どんなに多くの奇跡的な所業があったにせよ、あの程度の行動は、現在の新興宗教の教祖でもいくらでもいるのではないかと思うのである。

むしろ、バートランド・ラッセルが指摘したように、キリストは、人格的に仏陀やソクラテスなどよりはるかに人格的に劣っていると私も感じている（自著『志気』（丸善プラネット、二〇〇八年）内、「宗教は必要か」で記述）。彼は単に人一倍自己顕示欲の強かった若者であった、ただ人々は心のよるべとなるものを常に求めていて、その気持ちがあのような巨大な存在として作り上げられたのだと思っている。だから、旧教と新教の血で血を争った戦いなどというものも実に馬鹿げていると思うのだ。別な言い方で言うと、私は多くの西欧人の宗教的気持ちというのは、美しいし素朴だなあとは感じることも多いが、理屈の上では結局理解不十分であるままで終わるのであろう。日本ではあのような宗教戦争というものは、ほとんどない。

関根氏によれば、『ボヴァリー夫人』を書いたギュスターブ・フローベルはこの『随想録』を枕頭の書としてその生涯の伴侶としたという。『幸福論（プロポ）』を書いたアランの文章にもモンテーニュはたびたび現れる。

たぶん、フランス人の多くの知的に好奇心旺盛な人たちでも、全部読み通した人はそれほど多くはないだろうが、ほとんど一度はこの書に触れたのではないかと思う。また、私が敬愛する文学者、吉田精一氏もその書『随筆とは何か―鑑賞と作法―』（創拓社、一九九〇年）において、「モンテーニュの『エッセイ』は私の最大の愛読書の一つである」と記している。

そして、伝記文学の大家で、傑作『ジョゼフ・フーシェ』を書いたシュテファン・ツヴァイクは次のように述べたという。「生涯のどんな年齢のときでも、誰でもすぐに親しむことのできる数少ない何人かの作家がいる。ホメロス、シェークスピア、ゲーテ、バルザック、トルストイなどである。しかしその反面、一定の時期にいたって、初めてその意味深い胸のうちを、すっかり開いて見せてくれる作家がいる。モンテーニュがその一人である。あまり若すぎて、人生の経験も浅く、絶望を味わったこともないようでは、モンテーニュを正しく評価することはできない」（注一四）。

確かに『随想録』は多くの日本人に親しまれている兼好法師の『徒然草』に相当する。

私は、折角の機会だからと思い、『徒然草』を全文読んでみた。『方丈記』は短いので通読していたのだが、『徒然草』は高校の古文の教科書でその抜粋だけを読んだだけであったからである。たぶん、その数は一五〜二〇段くらいであったと思う。もちろん、教育的見地から、その作者の思想性を表す代表的な段が取り上げられていたから、全体的な理解はそれで十分とも言えたかもしれない。たぶん、専門の研究者を除いて、通読している人は少ないのではないかと想像している。通しで読んだのは、『新訂徒然草』(西尾　実・安良岡康作校注　岩波文庫、一九八五年改版)である。これは全部で、なんと二四三段あった。巻末の索引まで含むと四三八ページである。

読んでいて、文章の内容は、彼の立場、考えを私はまずまず正しく理解していたな、と勝手に思ったし、多くの懐かしい段の内容は、読んでいて楽しかった。一方、多くの故実や、同時代の貴族たちの振る舞いを、当時の規則、慣習に照らして、意見したりしているものが多く、それは今の考えにとってはどうでもよい瑣事に思え、それらはあまり面白くなかった。ただ、彼の男女の仲、結婚生活に対する考えを述べた第百九十段「妻といふものこそ、男の持つまじきものなれ。」はまったく私にとって意外なことだった。ここで、彼は、ひとえに独りで生活することを至上とし、男女の共同生活をまったく否定している。夫に先立たれ尼となって年取って行くのを、興ざめだ、とまで述べている(注十五)。

他のことには、おしなべて寛容な気持ちでいる彼が、どうして、こんなにまで男女の仲を否定的に捉えて居たのか、私は全く理解できなかった。何か若い時につらい思い出があったのだろうか。

それは別にして、『徒然草』と『随想録』を比較すると、兼好が三〇歳前後に社会から引退したのに、モンテーニュは、一旦三八歳で引退したのだがまた社会に引っ張り出され、既に一部述べたが、ボルドー市長ともなり、戦乱のなかに引きずり込まれ、監獄にも放りこまれる経験もして、本当の隠遁生活に入ったのは、五六歳のときである。そして約三年後に死去している。ともかく周囲の状況、自身の社会に対する行動について、モンテーニュは兼好法師とは比較にならない多様な活動を経たと言えるであろう。

私にとっては、確かにいろいろ深い人生の洞察を含み、わが身にも非常に近い感覚を得て有意義であったが、あまりに水ぶくれした文章であり、ここで書いたことが私の掌握したほぼ全てであって、今から座右の書とするには、躊躇するというのが率直な感想であった。ただ、この文章を書き、何度も読み返し推敲したことから、私にとっての『随想録』は、これで十分堪能したという感じであり、自分なりに読み切ったという気分になった。

注一、　自著『折々の断章』（丸善プラネット、二〇一〇年）内、序章「定年前後の文」に収載。私家版「Float, Turn, Enjoying Anywhere」（二〇〇二年）より転載した。

注二、　関根氏は、この本のはしがきによると、最初にこの本全三巻を翻訳したのが一九三一年、その後四六年に改訳して第二版、そして新潮文庫六冊としたのが五四—五五年で、それが私が若い頃購入したものだったようだ。更に五七—五八年に改訳第三版をした。六〇年代に、漸く原二郎氏、松波信三郎氏の新訳が現れたが、関根氏は七二年に第四版、そしてこの本第五版を八二年に出版した。

このように、彼は文字通りモンテーニュの『随想録』の翻訳、研究におのれの全てを打ち込んだ人と言ってよいであろう。それはこの本の解説を読むとよく解る。

注三、ピレネー山脈近くで、古くからの王国で、スペインもその部分を統治していた時期がある。

注四、この翻訳本の序文は、森鷗外が書いている。また、ルソーはその最後の著作である『孤独な散歩者の夢想』(青柳瑞穂訳、新潮文庫、一九七九年)の中で、「僕はモンテーニュと同じ企てをすることになるが、目的は彼のとはまったく反対だ。なぜかとなれば、彼はその『随想録』を他人のためにのみ書いたのに、僕は自分の『夢想』を自分のためにしか書かないからである」と述べている。

注五、これは『徒然草』の中にある。前者は第三八段、後者は第七四段の言葉。

注六、彼女はカトリーヌ・ド・メディシスの一〇人の子の末娘でナヴァール王に嫁したが、やがて、パリに戻ってしまい、愛人をつくり、その後またカトリーヌによって愛人は殺され、別の城に幽閉された女性である。ナヴァール・ド・アンリはその後アンリ四世となり、ブルボン朝の始祖であるが、マリー・ド・メディチと結婚してルイ一三世を生んだ。ルーブル美術館には、ルーベンスがマリーの求めに応じてこの時の婚姻の経過を描いた巨大な画が飾られているのを思い出した。ルーブルの画集で調べて見ると全部で二一枚あって、一部屋全部を占めていてこの部屋は「メディチの間」と呼ばれている。マリーはトスカナ大公の姪で、アンリ四世は大公に莫大な借金があったので、これを消滅させるための結婚であったという。彼は非常な色好みで、恋人は五六人以上あり、庶子を撒き散らして歩いたという（アンドレ・モーロア『フランス史』（平岡昇等訳、新潮文庫、一九五七年）による）。アンリ四世が亡くなった時、ルイ一三世は、まだ九歳で、マリーが摂政になったが、それを強力に補佐して実権を握ったのがアレキサンドル・デュマ作『三銃士』で現れる宰相リシュリューだった。

モンテーニュは、本文を分けてはいないのだが、関根氏はこれを、序論、第一部「自然界またはすべての被造物の間における人間の地位」、第二部「人間理性の批判」、第三部「判断力および認識力の批判」というふうに分類して解説している。

注七、　万物斉同（ばんぶつせいどう）とは、荘子が唱え、万物は等価である、人間は自然界におけるすべての被造物、禽獣草木と同等の地位にあるという考え方であるという。さらには人はとかく是非善悪といった分別知をはたらかせるが、その判断の正当性は不明であり、一方が消滅すればもう一方も存立しない。つまり是非善悪は存立の根拠がひとしくて、それを一体とする絶対なるものが道である。生死ですら同一であり、生も死も道の姿の一面にすぎないということらしい。

注八、　フランス語で、「コキュ」は妻の不義を知らずにいるお人よしの亭主のこと、「オネトム」は君子、あるいは紳士という意味。

注九、　関根氏が作ったモンテーニュに関する詳細な年表によると、長女は、生後二カ月で、三女は生後七週間で、四女は月余にして死亡、五女がまた月余にして死亡、六女（末女）は生後数日で死亡とある。一五七一年に生れた次女レオノールだけが成人して一五九〇年に結婚している。

注十、　紀元前五世紀、ペルシャのクセルクセス王の時代に、ギリシャがスパルタを盟主にして、大軍ペルシャと戦った。テルモピライは峻険な山と海に挟まれ、街道は最も狭い所で一五メートル程度の幅しかなく、この地形を利用して、スパルタはわずか三〇〇の手兵でレオニダスを大将として闘い、勇戦むなしく全員が壮烈な戦死を遂げた。その後、このペルシャをサラミスの海戦で破ったのが、アテネのテミストクレスである。

注十一、　この本は、目次を見ると、以下のようである。大王アレキサンダー、英傑シーザー、高士ブルータス、哲人プラトン、智謀テミストクレス、義人ペロピダス、雄弁デモステネス、大豪ハンニバル。私は子供の頃、この本と「イーリアス」、「オデュセイア」を少年少女向きに書いた『ホメロス物語』(本間久雄著、講談社世界名作文集、一九五二年）で、古代ギリシャとローマの物語を知ったのであった。

注十二、　彼はテーベの武将である。ペロピダスと共にテーベ復興の大業をなしとげた。テーベはスパルタを破り、一時はギリシャの盟主とまでなったのであった。彼はスパルタとの戦いで戦死した。

注十三、　ちなみに日本では文庫クセジュ（白水社）があるが、これは「我何をか知る」というフランス語（Que sais je ?）である。モンテーニュがギリシャ語から翻訳して言いだした言葉だという。彼の生れた一〇年後の一五四三年にコペルニクスが地動説を発表しているので、彼は近代科学の曙の時代を生きた。第二巻十二章、第三部「判断力および認識力の批判」で、今日ではコペルニクスが、きわめてよくこの学説を基礎づけ、天文学上の結論の上に適用している、との記述がある。

注十四、　小島直記著『人生まだ七十の坂』（新潮文庫、一九九八年）より。ツヴァイクの『三人の巨匠』に書かれているとのことである。

注十五、　全文を引用すると、次の如くである。
妻といふものこそ、男の持つまじきものなれ。「いつも独り住みにて」など聞くこそ、心にくけれ、「誰がしが婿に成りぬ」とも、また、「如何なる女を取り据ゑて、相住む」など聞きつれば、無下に心劣りせらるゝわざなり。殊なる事なき女をよしと思ひ定めてこそ添ひゐたらめと、苟（いや）しくも推し測られ、よき女ならば、らうたくしてぞ、あが仏と守りゐたらぬ。たとへば、さばかりにこそと覚えぬべし。まして、家の内を行ひ治めたる女、いと口惜し。子など出で来て、かしづき愛したる、心憂し。男なくなりて後、尼になりて年寄りたるありさま、亡き跡まであさまし。

いかなる女なりとも、明暮添ひ見んには、いと心づきなく、憎かりなん。女のためも、半空にこそあらめ。よそながら時々通ひ住まんこそ、年月経ても絶えぬ仲らひともならめ。あからさまに来て、泊り居などせんは、珍らしかりぬべし。

第四章　自動車

自動車の運転経験

私は田無の東大原子核研究所（核研）で働くようになって、自宅の埼玉県和光市から、バスと電車の通勤では、夜遅くなると池袋回りとなりどうにもならない。加速器を使った実験物理研究は徹夜実験があたりまえ。必要に迫られて核研に勤めて半年後に付近のカクタス教習所で自動車免許をとったので、乗り始めたのは、三〇歳すぎてからだった。自動車だと和光市から川越街道バイパスを下り、朝霞警察署を過ぎ膝折で南下、郊外ののんびりした道路を走り、西武線のひばりヶ丘駅をまたいで、核研まで二〇分で行けて非常に便利になった。

免許を取る前に所員の上田望氏の車で所内をそろそろと動かして見たりしたのが縁で、彼が持っていたのと同じ富士重工のスバル一〇〇〇の中古車を購入することにした。水平対向四気筒で軽快、名車と言われた機種である。高校の友達で東京芸大建築科出の添田浩君の紹介で、世田谷にある中古車販売店で走行三万キロ、二五万円というのを買うことで、免許取得後直ぐに添田君とでかけた。夕方、販売店から初めての運転をした時の忘れがたい経験である。彼が助手席に座り、私は教習所のコラムシフトと違った慣れないフロアシフトで恐る恐る進む。そのうち環七との交差点、昇り坂で赤信号、停止した後の坂道発進が全く上手くいかない。片道二車線の前後は車で囲まれているのに、何度やってもタイミングが合わず、エンストの連続、もたもたしている内に後ろからクラクションを鳴らされて、焦ること焦ること、助手席の添田君がいろいろ言うが上手くいかない。直ぐ後にパトロールカーが来て、スピーカーで「前の車、左折して路肩に停車してください」と言われる。漸く発進してともかく命令どおり停車すると、警察官がパトロールカーから降りてきて、「あんた方、一体何してたんですか。大丈夫ですか」と不審顔で言われる。添田君が「こいつは免許とりたてで、この車は今初めての運転なんだ」と一生懸命、説明してくれた。「あなた方、此処は環七ですよ。練習するならもっと別の道にしなさい」と言われた。現在のようにオートマティック・ギアシフトの時代ではこんな苦労は全くないが、あの頃はそうではなかった。

「よし、曽我、おまえはこれから少し練習してから帰れよ。俺の言うとおりに運転してみな」と彼が言う。異存ないから、彼が命令する侭に、暗くなりつつある通りを必死でどこをどう通っているかも解らず、一時間くらい走っただろうか、ネオンサインもひときわ鮮やかな道を走っていくと、突然彼が絶叫した、「おい、ここが憧れの銀座通りだぞ！」と、見ると四丁目の時計が見える。いつのまにか、彼は車を東京のど真中まで誘導したのだった。彼は私の友達の中でも、最も個性的、素っ頓狂な愉快な男であるが、真面目な口調で「今日は俺の家へ帰って泊まれよ。そして明日早朝に車の少ないうちに和光に帰ったら」と言うのでそれから彼の世田谷の家へ行った。翌日快晴、一人になってまだ車のまばらな環七、川越街道を通って漸く和光市の自宅までたどり着いたのだった。

当初はご多分にもれず時々ワックスを掛けたりし、たまにはドライブを楽しんだが、坂道発進は下手で、ひばりヶ丘の駅前でも失敗し、ズルズルっと後退し、後ろの車にどしんとぶつけたことがあった。よく解らずにそのまま走っていくと、追っかけてきて止まれの合図、黒眼鏡の男が降りてきて、「なぜ逃げる」と言う。よく見ると彼の車のナンバープレートが曲がっている。「逃げたわけではない」と言うと修理代一〇〇〇円で勘弁してやるというので払ったこともある。

核研に勤め始めて二年後、組合委員長をやっている時に、八月末の朝の通勤時に人をはね飛ばした！相手は田無農協で非常勤で働いている老人だった。ひばりが丘の踏切を越えて見通しのよい広い通りを走って、自動車から見て青信号の横断歩道を通過しようとしたとき左路側を同方向に走っていた自転車が不意に横断歩道で右折し、こちらは慌てて（一五から二〇メートル手前で気がついて）ハンドルを右に切って急ブレーキを踏んだのだが（多分ぶつかってから数十センチで自動車は止まった、と思われる）間に合わず道路中央でぶつかり老人は自転車と共に一〇から一五メートル先で仰向けになって倒れていたのであった。老人は気絶して頭が切れて血だらけであった。この時の私の心は、何と表現できるのだろう。何を考えるというより、事実が先行するというのは正にあのことだろう。起こってしまったのだ。人を殺したかもしれない。考える事より現実なのだ。たちまちの人だかりとなり、駅前の交番から警官が来た。救急車も来た。私は警官に問われるままに、私の側から見えた事情を説明した。「スピードはどの位だしてたか」との問いには「多分一〇キロオーバー位と思う」と答えた。制限速度は四〇キロでその答えに警官は道路中央のタイヤのゴム跡に、「あれを見るとその位だな」と頷いていた。あとは覚えていないが、詳しく説明をしてありのままに答えたからか、警官はむしろ私に同情し、「年寄りはしょうがないんだよな。車社会には慣れていないから」と言っていた。あとで連絡するからというのでとりあえず核研に行って報告することにした。その日は定例の部会の日で、行くと平尾先生が議長で二〇人くらいで既に始まっていたので、先生に手短かに事情を説明し、その後直ぐ田無警察署へ行った。

後で聞くと平尾先生は上田氏から（彼も通勤で自動車でそこを通った）ひばりが丘の通りで自動車事故があったのを見ていて、「曽我さんが落ち着いて警官に説明してたから、多分目撃者だったのでしょう、と言っておったぞ」とのこと。調書をとられた警察署から直ぐに老人の入院先の田無病院に行ったが、右大腿の骨折だけで済み最悪の事態にはならなかったのでホッとした。二日後にお見舞いに行った時会った奥様が「あなた、こういう親切な方でよかったわねえ」と言っていたのを、印象深く覚えている。私はそれこそ、感謝される立場とは大違いと思ったが、相手が死なないで済んだのは、本当に運が良かった、と天に感謝する心境だった。数週間後、最終的に立川検察庁に行ったが、少なくとも「前方不注意」の罰は覚悟していたのだが、結果的に減点ゼロの取り扱いだった。

一九七八年、三六歳で、一家で（妻と三人の子供を連れて）初めてアメリカに行くまでに、スバルには丸五年間乗った。通勤以外にも、子供が小さかったので買い物、病院、どこへ連れて行くにもいつも自動車だった。東京近郊はもちろん、夏休みなど研究所の小俣和夫氏の別荘を借りて八ガ岳山麓などにも行った。廃車に関しては出発準備で忙しかった時に、親切な上田氏が全てケリをつけてくれた。研究先は中西部のインディアナ大学サイクロトロン研究施設であった。五月一日のサンフランシスコまでの飛行機の便を決め、その後は列車ででも行こうかと思っている時に、サバーティカルの教授の空家に五月当初から入るつもりが、相手の教授から直前に予定変更で一五日からにして欲しいという要請が来た。飛行機の切符を買い換えるのにもお金がかかるし、どうせなら良い機会だからと妻の発案でそのままアメリカに着いて一五日までに、アメリカ国内を旅行しようと計画した。当地で研究を始めれば、日本と同じように、ほとんど休みのない日々を送るのではないかと想像したのである。ところが出発二日前に、半月ほど前に交付されて所持していた国際免許証がないことに気がついた。家にもなく急遽原子核研究所まで行って探したのだが見つからなかった。これではアメリカでレンタカーで旅行しようと思っていたのにそれができない。出発当日に家族は二手に分かれ、私は長男を連れて再び浦和の県庁に行き再発行してもらい、電車で羽田空港へ行った。この時は、妻と長女、次男は同じ低エネルギー部の橋本治氏が荷物と共に自動車で空港に送ってくれた。出発が午後だったので助かった（帰国後、この紛失した国際免許証はサイクロトロン運転室の引き出しの中から見つかった）。

アメリカに着陸間際、サンフランシスコの上空から、朝日に輝いたゴールデンゲイト・ブリッジが見えた。いよいよ初の外国である。西海岸のバークレイで当時実験を日本人チームで行っていた永宮正治氏にまず世話になった。彼の紹介してくれたモーテルに数日いてレンタカーで付近を見物したりした。カリフォルニアの陽光はまぶしいばかりだったが、ゴールデンゲイト・ブリッジ、その北のワインで有名なソノマ、ヨセミテなどにも家族五人で行った。四、五日して妻の高校時代の親友、丸茂淳子さん一家が住んでいるロスアンジェルスへ行く途中、スタンフォード大学の有名な二マイルライナック加速器を見たり、モンテレー、カーメルの一七マイルドライブの海岸で子供達を遊ばせている内に夕方になり、これはいかんとほとんど無人の高速道路をぶっ飛ばしていると、「あなた、さっきから隣りのパトカーがチッカ、チッカとライトを点滅してるわよ」と隣りの座席の妻の言葉。直ぐ理解して観念し、路肩に停止。パトロール車（いわゆるＣＨＩＰＳ、カリフォルニア・ハイウェイ・パトロール）だった。ウルフという名前の警官だったが、速度違反で三〇マイルオーバーという。制限速度は五五マイルだった。

早口でまくし立てられて、まだヒヤリング能力が追いつかなくて、何だかよく解らない。ともかく紙を渡されて、ざっと見ると「Go to Jail」（監獄行き）という字が目に付く。ああ、行く筈の研究所に着く前に監獄に入ったら、推薦してくれた先生方に申し訳ない、一瞬どうしようかと思った。警官が去って落ち着いて読むと、一五日間の猶予があることが解り、結局三〇ドル、インディアナ州ブルーミントン到着後にカリフォルニアの当局へ小切手を送ってカタがついた（注一）。それからはパトカーを見ると、用心の気持ちが浸透した。レンタカーはロスアンジェルスで乗り捨て、以後、ディズニーランドやナッツベリーファームという西部劇遊園地で楽しんで、アムトラックに乗った。途中、フラッグスタッフ駅で下り、レンタカーでグランド・キャニオンを往復した。

最新鋭のサイクロトロンのあるインディアナ大学のブルーミントンに着いてからは、サイクロトロンのエンジニアから七五〇ドルで買った中古のトヨタ・カローラを三年間使ったが、この間に東、西、南と家族と共に三回のロングドライブをした。一回目はワシントンの全米物理学会で発表をする時で、一九七九年の春、ブルーミントンからケンタッキー、テネシー、バージニア州などを通りワシントンまで。学会後、フィラデルフィア、ニューヨーク、ボストンまで行き、あちこち見物をしながら帰りにナイアガラの滝を見て戻った。この時は車の調子もよく、観光地以外、有名なバージニア（三代目大統領ジェファーソンが創った）、イエール、ハーバード、MITなどの大学を訪れたりした。大学の中は広く落ち着いているし駐車も楽、子供連れだと彼らを解放し遊ばせて、運転手としてはホッと一息つけるので、よく休憩を兼ねて利用した。

その年の夏休みは西部のイエローストーンを目指した。あらかじめ綿密な計画をたてる余裕はないので、走りながらガイドブックやＡＡＡ（American Automobile Association アメリカ自動車協会）でもらった地図などで妻と相談しながら決めてゆく。この時は軍隊の廃棄物売り場店でテントを買い、オートキャンプを基本として二週間ほど旅行した。初日にリンカーンの生地であるイリノイのスプリングフィールドに行く途中で、運転中、突如として前輪の再生タイヤがはがれ、ガタガタとなった。すぐ止めてタイヤ購入。これを最初として、いろいろな故障が起こった。次がサウスダコタのバッドランド国立公園で、ガソリンが漏れだし、どんどんメーターが下がっていく。国立公園の中で、荒涼たる景色の中で、いくら走ってもガソリンスタンドが出てこない。行きかう自動車も稀である。夕方、だんだん暗くなってきて、「あなた、大丈夫?」と不安な声の中を、「何とかなるだろう」と答えるものの、内心冷や汗状態だったが、漸くもう一方の公園の西口出口近くのレンジャーステーションに滑り込んだ時には完全にガス欠状態になった。ボーイスカウト風の係員が出てきて、「もう動かない、隣町の修理工場に持

ヨセミテ

スタンフォード大学

ワシントンの広場

イェール大学

って行くしかない。今からそこに連絡してレッカー車で運んでもらうから待って欲しい」と。聞いてみると隣町は六〇マイル離れているので一時間以上かかると言う。さすがにでかいアメリカだなあと真っ赤な夕日を眺めながら感嘆した。やがてゴトゴトやってきたレッカー車に愛車を引っ張らせ、初めての経験で大喜びではしゃいでいる子供達と一緒にレッカー車の荷台に乗って暮れゆく西部の町ウィチタ・シティーに行き、車は修理場ガレージに預け、親切な運転手さんは我々を町はずれのテントサイトへ連れて行ってくれた。翌日、一人で町中のガレージに行くと、ボルトを変えないといけないのだが、カローラがミリネジでここにはインチネジしかないという。ミリネジを彼が作ってくれて、なんのかんので、ようやく昼過ぎに出発したのだった。

四人の大統領の顔で有名なマウントラッシュモア国立記念公園を見て、ブルーミントンを出発後四日目にイエローストーンに到着。そこでしばらく遊び二日後再スタートして、映画「シェーン」の撮影で有名なグランドティートン、モルモン教のソールトレイク、インディアンが今も住んでいてよく西部劇に登場するモニュメントバレー、メッサベルデなどの国立公園を走って一〇日目頃に、ロッキーマウンテンの頂上まで行った。この登る途中で冷却水のリークが発生、どんどんエンジンの温度が上がり、どうしようもない。快晴だったのだが上では修理できず、帰りはできるだけニュートラルで運転し、フットとサイドブレーキを掛けながらで、降りて来た。エンジンブレーキなしの、山道下りの運転は冷や冷やものだった。降りてすぐガレージで修理をした。

コロラドで真夏なのに雹（ひょう）と霰（あられ）が急に降ってきてガード下に急遽避難したり、カンサスのハイウェイを走っている時遠くに竜巻に遭遇したりで面白かった。私の見た竜巻は、広くたれ込めている黒い雲の一か所が上から徐々に、乳房のような形で降りて来る。その内に下からも鍾乳洞の石筍のように、たぶん土砂を巻き上げる為と思うが茶灰色の塊が盛り上がって来て、両者がある高さで合体した。ハイウェイの車はみんな止まって、車から出てきて見物していた。勿論、遠方だから気楽であるが、アメリカ中西部では、毎年、竜巻で大変な被害がでており、家が舞い上がって死者がでることも多いと聞いていた。

バッドランド国立公園

イエローストーン国立公園
車とテントで、食事の準備

グランド・ティートン国立公園
濡れたテントなどを干す

出発して二週間目、高速道路運転中に後部タイヤがパーンとパンクした。一望千里の大平原の中でスペアタイヤに交換、子供達は八歳の娘、六歳、四歳の息子で、自動車は私だけしかいじれない。汗だくで路肩で交換していると、次男が「なんでこんなに故障するのかなあ」と言っている。すると長男が「馬鹿だな。そんなことが解らないのか。パパがボロッちい車を買ったからだよ」なんて言っているのを苦笑しながら聞いたのを今でも忘れない。ところがこのスペアタイヤが古かったせいで、翌日ミズーリ州を疾走中またパンクした。もう帰り着く日だったので、予備を考えていなかった。それで高速道路の右はじをゴトゴトと出口があるまでゆっくり動かし、出てからガレージを探して辿り着く。そこで聞くと、この寸法のタイヤはここに置いてないという。再び高速に入り次の出口で出れば、そこには大きな自動車屋があるので、買えるだろうとのこと、いまから空気を目一杯入れるから、出来るだけ遠くまで走れ、と親切。その通りにしたけれど、五分くらいで再びぺしゃんこになってしまう。高速道路の出口の間隔は長い。時速五キロくらいのスピードでどのくらい運転したか、ようやく次の出口を出てタイヤを購入できたのだった。この時の旅行では四八三五マイル（七七七九キロメートル）走行したと記録されている。

ブルーミントンは大陸の内部なので、夏摂氏四〇度、冬マイナス一五度近くの温度差がある。冬の朝エンジンが掛からないことがしょっちゅうあった。以前の車の持ち主であったリンチカムさんは親切で故障のたびにいろいろ教えてくれてディストュリビューターに点火補助用のボトルから液体を噴霧することなどを習った。それでもダメだと場合によると家まで来てくれて、彼の車からジャンピングをしたりしてくれた。真冬は町でも、その為のいかついサービス用自動車が走り回っているが、電話で連絡しても需要が多すぎてなかなか来てくれない。一度大雪になり、早めに研究所から帰ろうとしたものの、途中で猛吹雪になり視界が全くきかず、広大なキャンパスの道中に自動車をそのままにして歩いて帰ったことがある。翌日は快晴で、スコップを持って出掛け、雪に埋まった愛車を掘り出したものだった。

また冬に撒く凍結止めの化学物の散布の影響で、マフラーが錆びて穴があき二回も交換せざるを得なかった。しかし、日本にいるのと違っていろいろな故障ですっかり自動車のメカに詳しくなった。

一九七九年一一月の感謝祭の学校の連休に、家族でシカゴに一泊で遊びに行ったのだが、今でも思い出すだに恐ろしい経験をした。シカゴ南部で高速道路を出る時の右側はなだらかな斜面になった草原だったのだが、我々の車が斜めに進むＥＸＩＴに入りかかって直ぐに突如としてクラクションと共に後ろから大型車が斜面を右側から回り込んで追い越してゆき三〇メートルくらい先で水平に二七〇度スピンをして弾みながら行く先を塞ぐように止まった。私は何が何だか一瞬解らなかった。ＥＸＩＴ中なので私は既にゆっくりと運転していたが、見ると運転手席には背の高い若い黒人が座っている。これはまずい。ともかくトラブルに巻き込まれたくない、この場を去ろう、と思い、わずかにその車のボンネットの前の空間をすり抜け、ひたすらその場から車を走らせた。相手の車は動けないらしく、クラクションを数回鳴らされたのを覚えているが、逃げるにしかずの一念で、ともかく以前に来たことのあるアルゴンヌ国立研究所の方向へ進路を変えて走り通した。幸い追っかけられなかったのだが、もしあんな大きな車に追突されていたら目もあてられない惨事になったろう。もしかしたら私が出口へのウィンカーを出すのが遅かったのかもしれないが、あとから考えてもあれだけの猛スピードでＥＸＩＴの中を走ること自体、相手が相当乱暴な運転をしていたことは間違いない。ともかく間一髪だった。いまだにゾッとする経験だった。

また、この夜にシカゴの中心地にあるハンコックセンターに行き、高層ビルからの夜景などを楽しんでやがて駐車した所に戻ると車がない。掘立小屋のような事務所の係の人に聞いて見ると、違法駐車であるから持ち去ったと言う。どこに持って行ったのかと聞くと、相手はあそこに居るというので、一人でそこへ行くと何か西部劇に出て来るような小さい酒場で、男たちがもうもうたる煙草の中で酒を飲んでいる。黒人が多い。一瞬ひるんだがともかく自動車を取り返さなければならない。話をすると、罰金を出せという。自分としては駐車場に入れたつもりだったのだが、たぶん、ごろつきのような連中が経営していた駐車場で、彼らはこんなことをして利益を得ているのだろう。あまり文句を言ってもしょうがないので要求された金を出して車を取り戻した。後で考えると車を取り返す一心で一人で行ったが警察にまず行って同道してもらうべきであったかもしれない。大都会の暗部に触れた思いであった。

一九八〇年の三月下旬に一〇日間ほど南方面に旅行した。アトランタのストーン・マウンテンでそこに描かれた南軍リー将軍たちの彫像、奴隷小屋のあるプランテーションの跡、オーランドのディズニー・ワールドでの水上ショウやケープ・カナベラルの宇宙ロケット発射基地を回った。フロリダのマイアミ・ビーチで子供達と泳いで楽しんだりした。この時のトラブルはさほどなかったが、フロリダの一般道路で夕方T字路で左から走って来た車にもう少しでぶつかりそうになった。妻が大声で「ストップ」、「ストップ」というので停まってよかった。その時は私が連日運転の連続で疲れてややボーっとしていたのだ。相手がたまたまパトロールカーで、降りてきた警官にひどく叱られた。

それから西へ向い、一度真っ白な砂浜で有名なペンスコラ・ビーチの近くで車が空回りし、押しても引いても車の下の穴が大きくなるばかりで、脱出できず往生したことがあった。この時はやがて我々の苦闘を見つけたアメリカ人の青年、子供達の助けで押してもらい、漸く走り出すことができた。

ニューオルリーンズを見物したが、その後は大雨となり、海の中道のような所でほとんど道路が見えず、前の車の後の水しぶきをひたすら追っかけて渡ったことがあった。日本であったら、もう少し慎重に考えるのだろうが、今から思うと何であんなに無茶なことをやったんだろうという気がする。

アトランタ郊外のストーン・マウンテン、レリーフ中央が南軍のリー将軍

マイアミ・ビーチで

ニューオルリーンズのフレンチクォーターで手品師のピエロを見る子供達

一九八一年日本に戻ってからは、子供が四人になり、だんだん運動不足になってそれを補う意味でも車を持つのはしばらく止めようと思って、バスと電車で通勤しているうちに今度はフランスに行くことになり、一九八三年一月末にパリ郊外のサクレー研究所に客員研究員として新たに生活を始めた。三月にフランス製シムカを購入して再び自家用車の主になった。勿論中古車で一〇万キロ走っている物で七〇〇〇フランだった。この時はまだフランス語で交渉する自信がなくてパリに住んでいる日本人から買

った。アメリカの時と同じで研究所は一年毎の契約なので、何年間の滞在になるか分からないわけで良い車を買う気にはならなかった。

一月一三日に雪混じりのパリに到着して以来、毎日どんより曇っていて日本の冬と違ってほとんど直接の太陽の光を見られない。四月の復活祭イースター（フランスではパックという）の学校の休みに（長女が中学校であるコレージュ、長男と次男が小学校、末娘がまもなく二歳だったが）矢も盾もたまらずの思いで、南のスペインにドライブに出掛けた（マドリードからグラナダに寄り地中海まで出てバルセロナを通って帰った一二日間）。この時はフランス人がバカンスといって南に大挙して押し寄せる気持ちが容易に理解できた。

夏にはスイスを訪れ、オーストリアに走ってウィーンまで行き、帰りにドイツ、ベルギーを通って一六日目にパリに戻るというロングドライブをした。（走行距離四五一五キロメートル）

また、この後に、妻が英文科を卒業しているのでできればイギリスに行きたいと言うし、私も是非行ってみたいと思ったので、二週間弱休んで、イギリスを一〇日間かけて、旅行した。ドーバー海峡をフェリーで渡りイギリスに入ると、そこは日本と同じ右座席が運転席であり、我々のフランス車は左ハンドルだから、座席は道路の中央ラインから離れている。しかし、イギリス人の運転はフランス人などのラテン系の人たちよりずっと落ち着いていて、非常に運転しやすかった。この時は、カンタベリー、ロンドン、オックスフォード、ストラットフォード・アポン・エイボン、湖沼地帯など、イギリスに詳しい妻の言われるままに各地を見物し、エディンバラまで行って、帰りはヨーク、ケンブリッジ、ストーンヘンジ、ネルソン提督の乗っていた船が停泊しているポーツマスまで回り、再びドーバーからカレーに渡ってパリに帰った。「走行距離三二四六キロメートル」

この時までは車も調子よく、問題はなかった。フランスでは点検でガレージに出すと、かえって悪くなるから必要がなければ出さない方が良いと聞き、それを鵜呑みにしたわけではなかったが、面倒くさくてほったらかしにしていた。

スペイン　トレド

スイス　自動車を乗せる鉄道

オーストリア　チロル
道路にのんびりと馬が

イギリス　エジンバラ城内

私は四月末に、サクレー主催の研究会に車で出かけた。場所はロワール川近郊のフォンテブローという所で、場所は古い中世の寺院であった。しゃれたことを考えるところがいかにもフランス人だなあ、と感心した。夜はワインを飲みジビエと言われる鶉の丸焼を食べたりした。この帰り、宿泊場所まで帰る途中、ほろ酔い運転だったが、アクセルが非常に軽くなったのを感じた。田舎道だったからよかったけれど、こんな状態になったら街中では非常に危険だなと思った。

一一月に研究所の所長と交渉し（この時は適応性を示す為にもと、全てフランス語で話をした）二年目も居られることになった。

翌年の二月には、スキーを楽しむために南部のグルノーブルに出掛けた。私が研究生活を送っていたサクレー原子力研究所で知り合った日本人の研究者がグルノーブルの研究所に移っていて、以前から冬には是非来たらと誘われていたのだった。パリから車で行ったのだが、折しも高速道路はトラック組合のストライキで封鎖されていて、途中から一般道路に降りざるを得ず、大変な時間がかかってしまった。さらに、途中でファンベルトが切れ、修理店に入って購入したりしてリヨンまでに既に一三時間かかってしまった。遅くなることを途中で知らせようと電話連絡をしてもかからず、（未だ取りつけが完了してなかったと後で解った）何と小雪混じりのグルノーブルの彼の家についたのは午前二時、ベルを押しても皆熟睡しているのか、起きてくれず。やむを得ず我々一家は自動車の中でみんなシラフで夜を明かし、早朝漸くアパートに入れたのだった。「これは大変、早く温まらないと」と心尽くしの雑炊を御馳走になったのを覚えている。幸い二歳半の末娘も含めて家族は誰も身体の調子を崩さなかったのがありがたかった。

二月一七日に出かけて二四日に帰って来たからこんなに長くスキーに行くなんて日本では考えられない。グルノーブル市内から自動車で三〇分くらい、スキー場へ行ける所まで道路を登り、駐車場に車をおいて、あとは自由。広大なシャムルース・スキー場で思う存分、子供達と一緒に楽しんだ。リフトが凄く長いのに驚嘆したが、子供達にとってもフランスの本格的なスキー場は（往年ジャン・クロード・キリーがアルペン三冠王になった冬季オリンピック会場）素晴らしい思い出だったはず。臆病な妻はゲレンデの下の辺りでもっぱら末娘を橇に乗せてのお相手をしていたが、私は上の子達三人をリフトで連れて行ったりして、彼らが慣れてくるとみんな勝手にこちらがハラハラするほど勇敢に滑りまわるのを、広大なスキー場で追っかけるのが大変だった。しかし、この時の運転で、フランスの製造部品がよほど粗悪なのか、またファンベルトが切れて、スキー場から、クラッチ・ニュートラルで雪の坂道を慎重に降りざるを得なかったことがあり、これはアメリカ・ロッキーでの経験の再来だった。

ジフ・スル・イベットからサクレーまでは途中、登りの坂道がある。冬での通勤で一度、車の後輪が、薄く凍結した道でスリップして、車が対向車線に飛び出し、くるっと回転した。まさに一八〇度近くである。吃驚したが、対向車線なのでそのまま、来た方向と逆に坂道を下った。対向車がなかったから良かったが、もし、あれば大変なことになっていた。一旦、家へ戻り、気を落ち着けて今度はずっとゆっくり運転してサクレーまで行った。

一年過ぎて二回目の四月の復活祭パックの時にイタリアに行こうと考えた。いつもと同じで宿泊の予約はせず、夕方になったら、適当なホテルに素泊まりか朝食付きの民宿にするスタイルだった。雨のモナコに寄って、モンテカルロレースの山道を王宮まで、ジェノバは素通り、三日目にピサからフィレンツェに行く田舎道で、急にアクセルが抜けた。ガス欠だった。実はガソリンのメーターが故障していたのに気付かず、指針が降りてこないのを、まだ十分に残っていると思っていたのだった。やや慌てて惰力で路側に寄せてしばらくすると、付近の村人が子供も大人もいっぱい寄って来て大声で話しかける。

彼らのイタリア語は解らないし、こちらの英語もフランス語も通じない。今でも覚えているのが小母さんが「ベンジーノ？」と盛んに繰り返していた言葉で、どうもこれがガソリンの意味だなと思った。給油所を教えてもらい、一キロも一人で歩いただろうか、行ってみると〇時から二時まで閉店とあり、（イタリアのシエスタ、昼休みの習慣）、結局一時間近く待って一リットルくらい買い自動車まで戻り、それで給油所まで自動車を走らせ本格的に補給したのだった。一杯にしても指針は全く動かなかった。それからは、常に距離計をモニターして、早め早めに補給することにした。結局ローマからポンペイ、ナポリまで行って、八日目の帰りアッシジ寺院を通ってベネチアに抜けることにした。

この時が大変だった。行きかう車の非常に少ないハイウェイを快調に飛ばし、ガソリンスタンドで給油した際、ベネチアへの道を尋ねると店の人がイタリア語でまくしたてる。理解不可能。そのまま北の方角に夕暮れを進み、ほぼ暗くなった時にアスファルト道路がパタッと終りになった。そこからは細い山道となっている。よくミシュランの地図で見ると点線になっているのはこのことかとその場で初めて解った。建設中の道だったのだが今さら引き返す気にもならず、点線は続いているので突破してしまおう、もう真っ暗だが、道は必ずどこかに出るだろう、と運転を続けた。だんだん道の高度があがり、なにか奥多摩か秩父の山の夜道を走るみたいになる。道の街灯も全くないのでヘッドライトだけが頼りで、ある時は片側崖のようだし、妻も子供達も恐ろしくて声も出なくなる。「ガソリンを入れたばかりだから大丈夫。いざとなったら止めて朝まで待てばよいし、でももう少ししたら家も出て来るんじゃないかなあ」などと言いながら、折から雨が降り出した真っ暗な森を突き進んだ。一時間位走っただろう、遠くに明かりがポツッポツッと見えてきた時はほんとうにホッとした。やがて民家も現れ、大事に至らず、町まで出て来ることができたのであった。

四月の末に、オランダに出掛けた。花盛りのチューリップを見に行こうと思ったのである。キンデルダイクで強風の中で風車を見て、キューケンホフの花が凄かった。チューリップだけでなくヒヤシンスその他あらゆる色の花が咲いていた。そしていつもの通り、宿泊所を探したのだがどこも満員で見つからない。ヨーロッパ中から観光客が来るせいだろう。困ったなと思ったら妻がアイデアを出した。花畑の真ん中で車を駐車させ車の中で眠ろうというのだ。これは素晴らしいとその意見に従った。シムカは比較的幅のあるハッチバックなので、後部座席を倒すと後ろが平らになり、子供達四人をそこにシラフの中で寝かすことができ、便利であった。翌日、目覚めて朝日に照らされた花畑の見事なこと、四方八方の花園に囲まれた景色は忘れがたいものであった。アムステルダムのアンネの家、マルケン島ではお祭りにも遭遇した。アムステルダムで更に一泊してマドローダムのオランダの諸所のミニアチュアの模型（日本の鬼怒川にあるスモール・ワールドはこれの真似）、ベルギーのゲントに寄り、帰りに北部フランスのコンピエーニュの城、メロビンガ朝、カロリンガ朝のあったサンリスの古跡などを見てパリに帰った。

それ以外にもフランス国内は随分回った、パリには日本食品を買うためにしょっちゅう自動車で行き、ルーブル、ジュ・ド・ポーム、モロー、セーブルなどの美術館、バルザック、ユーゴーの記念館も行った。近郊では、シャンパーニュ、ジベルニー、フォンテンブロー、マルメゾン、オンフルール。一泊では、ロワールの城めぐり、モンサンミシェル、サン・マロ、南仏はロカマドールのあるペリゴール地方からカルカッソンヌ、アルル、アヴィニヨン、エクス・アン・プロバンス、などなど。

子供達の二回目の夏休み、フランス人はバカンスで研究所は活動ストップだし、子供の友達の家庭もそれぞれどこかに遠出をしている。日頃の研究活動は自分なりに一生懸命にやっているがきりがない。ここは二度とないかも知れない未知への大旅行をするか、とヨーロッパ文明の発祥の地ギリシャまでテントを持ちドライブを敢行することにした。同じ長距離でも同一国内、英語のアメリカや仏語の通ずるフランスとは違うから何が起こるか分からないが、なんとかなるだろうと計画を話していると、同じサクレー研究所でハンガリーから来ている人が「それなら是非我がハンガリーに立ち寄りなさい。ブタペストは美しい町だ」と言う。「共産圏はビザがなければ入れないし、取るのに数ヶ月かかると聞いている」と言うと、「ハンガリーだけは違う、国境の税関で手続きすれば、その場で発給されるから」とのこと。母国人だから経験はないだろうから本当かな、と半信半疑だったが、それは事実だった。

往きは経験のあるリヨンの手前のマコンからシャモニーで一泊、モンブラントンネルを通り、前に見物したミラノ、ヴェネチアをバイパスしてイタリア国境のトリエステのキャンプで二泊目、今回もテントを基本として翌日からユーゴスラビアに入り、コバルト色のアドリア海沿いに真夏の海水浴を楽しみながら南下した。いろいろな思い出があるが、当時、ユーゴスラビアは国内が一応統一されていて、チトー大統領は既に亡くなっていたが商店にはチトーの肖像画がかけられていた。妻が「チトー?」と聞いたら店の人が「ティトー」と直した。平穏だったから通過できたので、後年内戦が長く続き、あのアドリア海の真珠と言われる美しいドブロブニクまで戦争禍に見舞われたと知った時は心が痛んだ。NA

ＴＯ軍の空爆で後に有名になったコソボからマケドニアのスコピエを通り、ギリシャに入った。ギリシャでは、アテネ、コリント、ミケーネ、スパルタ、オリンピア、エピダブロスなどを訪れ、都合一一日居た。日本では考えられない悠々とした休日だった。運転の際は全てミシュランの地図と分厚いガイドブックが頼り。

帰りは、ユーゴスラビアの内陸を通り、軍人がたむろする首都ベオグラードも見物した。パリにどこか似ていてしっとりとしている。自動車はここまで順調だったが、エンジンキーの不都合が起こり、一度止めると発進するのに大変、スタンド修理場に滑り込んだ。この時ここでは、英語、フランス語は通ぜず、ドイツ語が通ずることが解った。ドイツへの出稼ぎ者が多いからだろう。もっとも私のドイツ語は高校の二カ年と大学の二カ年で二〇歳以降、会話の経験は皆無だからひどいものだったが、修理後のやりとりで数字くらいはなんとか思い出せた。ハンガリーではキャンプ場で一泊し、どの街も美しい国だったが、出国で長い列が続き、何時間も待たされ、左右の丘では馬にまたがった兵隊が行ったり来たりしていた。オーストリアに出られた時は、「ああ、やっと自由圏だ」と、何となくほっとしたのを憶えている。前回はドナウ川からミュンヘン、ロマンティック街道、ハイデルベルグ、ライン川沿いだったので、今回はニュールンベルクを見てフランクフルトへの道を選び、アウトバーンを走った。テュリエでマルクスの住んでいた家を訪れて、その後はキャンピングサイトで泊まる。

翌日昼ごろルクセンブルグの王宮を見た後くらいから、排気が随分青くなってきたのを感じていたが、フランス国内に入ってからはだんだんひどくなってきた。しかし、その日の内にジフ・スル・イベットの我が家に到着する筈で、数日後アメリカからパリに友人一家が来る予定でその対応をする予定もあったので、多少のことは強引に目をつぶって高速道路をひたすら走り、ランスを通過し、夕方かなり曇って暗くなる頃にはパリ環状道路まであと一〇キロほどになっていた。しかしその頃にはエンジンの音がガタガタと聞こえ、さすがにこの次のガソリンスタンドでは見てもらおうと決心し最右翼の車線をのろのろと徐行運転をしていたが、いくら走ってもこういう時はガソリンスタンドはなかなか現れない。片側四車線でラッシュ時だから、隣りの他の車線はじゃんじゃん走っている。緩やかな下り坂をトンネルに入ったな、という時に、アクセルがストンと抵抗がなくなり、後ろのほうで、カランコロンとものが落ちる音が聞こえた。瞬間、私は「この車、壊れちゃったよ」と家族に向かって宣言した。数百メートルのトンネルの最低部の路肩に自然停止させ、外へ出て見ると、数メートルに亘ってエンジンのケーシングが数個に割れて転がっていた。これはもはや自動車でなくなった、と観念し家族には車外に出て待っているように言って、トンネルから出るまでに数百メートル坂道を歩き、路側の電話で当局に連絡した。ここまでになると不思議に気持ちは落ち着いていた。エンジンが過熱し鋳物造りのケーシングが膨張して割れたのだろう。あのガタガタというピストンの上下の音はひどかった。それにしても発火爆発しなかったのは運がよかったなあ、などと考えていた。やがてパトロールカーがやってきた。四車線が疾走するトンネルの中で、うるさくて警官が何を言っているのか、私には理解できず、長女に「聞いてごらん」と通訳を指示、聞いてみるとなんと「あなた達はここから出たいか、と言ってるよ」とのこと、「もちろん」と言うと、「それではレッカー車を呼びだすから待っていろ」と言われる。一時間くらい待っただろうか、レッカー車に車を引いてもらいトンネルを出ると、雨が本降りになっていて、すっかり真っ暗になっている。高速道路から直角に分かれた広い道の歩道に乗り上げてもらい、彼らと別れた。

今晩は車の中で滞留することに覚悟をきめる。雨は降っているし、荷物は土産物や洗濯物で満杯だし、フランスは車を放置したら盗難にあうのは頻繁だと聞いていたので、（実際、スペインに旅行した時、マドリードで我々は、夜、盗難にあった。朝になったら後部トランクが開けられていて、旅行用のコッフェルがなくなっていた。）車内に居るのが一番安全だと考えた。まず地図と標識で場所を確認し、サクレーの電子ライナックで研究滞在している東北大学出身の親しい水野義治君に電話して、明日車で来てくれるように頼んだ。真夜中に警察官がパトロールでやってきて、サーチライトで中を覗きこまれた。リクライニングにした運転席で私だけ目を覚まし、生きていることを示す為にウィンクしたら、安心して引き上げて行った。

ギリシャ海岸でのテント生活

ギリシャ　ミケーネ遺跡で

ハンガリー出国の際の行列

壊れた自動車との記念写真

翌日は快晴。付近の自動車屋で壊れた愛車の廃棄手続きをした。エンジン部分のケーシングが無くなっている、もしかしたらエンジンも落ちていると説明したら、昨日レッカーで引かれていったのを見ていたらしく、停車位置もすぐ理解しなんと無料で引き取ることにしてくれた。やがて水野君が来たので彼の車に荷物と妻と二人の娘を頼み、乗りきれない男三人は電車でジフ・スル・イベットに帰ることにした。出発して二七日目である。その後、両側に小さな息子二人を引き連れて、快晴の大通りを数キロ電車の駅まで歩いた時は、たまらない解放感で、「ああ、こんなこともあるんだなあ」と何とも言えない気分で楽しかった。この旅行が今迄で一番距離が長く、記録を見ると走行距離は八六八九キロメートルと日記手帳に書かれてあった。

それからはもうフランス滞在もあと五カ月しかなかったので、研究所にはバスで通った。もう自動車は十二分に満喫した思いであった。帰国後は健康のためにも自動車通勤をする気にもならず、一度レンタカーで一家で、娘の学校の寮がある清里まで行き、八ヶ岳を巡る通称八巻き道路を走った後、帰りに昇仙峡に寄ったのが、最後の子供達とのドライブだった。子供達ももう親と一緒のドライブは気が進まない年齢になっていた。

その後、何回かの引っ越しで、いつもレンタカーを使った。一九九〇年、職場が千葉の稲毛市にある放射線医学総合研究所に移って、和光市から通勤していたが二時間はかかり、能率が悪いので公務員宿舎に申し込んだのだが、三年後にようやく空いて、船橋市の薬円台の公務員住宅へ、このあとは埼玉県和光市から妻と末娘を呼びよせるまで（娘が小学校を卒業するまで）一年弱の間一人でいた。娘が中学を卒業して、一九九六年習志野市大久保の公務員住宅へ、そして、二〇〇二年の退職前の二〇〇一年九月に千葉市幕張本郷の分譲マンションへと、いつも自分で何度か往復運転して引っ越しをした。値段の張る引っ越し屋に頼むのは我が家の経済状態を考えるともったいないと感じたからである。大久保から幕張本郷の際は研究所の親しい若者にも手伝ってもらった。古沢佳也君と島田義也君である。彼らは張りきって、助けてくれた。古沢君は大久保の公務員住宅だったので、自家用車で運搬もしてくれ、島田君は大学時代に重量挙げをしていたとかで、力持ちであった。二人の息子も手伝いに駆けつけてくれた。

引っ越しを手伝ってくれた古沢、島田両君へのお礼に、花見の季節に前の公園でお酒を飲む。

この引っ越しの時、朝九時までにレンタカー屋に車を返さなければいけないと、エンジンを温める間もなく走り出して、道路の十字路交差点で停車し右折する際にどうしても発進ができなくなって、その角にあった習志野警察署に飛び込んだ事がある。四車線の十字路のど真中に居座っているので、折からの朝のラッシュでみっともなく他車の迷惑このうえもない。「あの車です。中央車線の右側にある」といって冷や汗をかいた。警官が走って車に乗ってすぐエンジンをかけてくれた。やったことは私と変わらないのだが、たぶん私が慌てていたのかもしれない。

引っ越しの際に、手伝いにきた息子達を乗せた折りに、息子達から「お父さんの運転は乱暴で見ていられない。もう運転はやめたほうがいい」と何度か言われた。彼らはとっくに免許をとっていた。

これらを最後としてもうここ十数年運転はしていない。ついには、僅かながらも返金があるというので数年前免許証も返上してしまった。どうしても必要なら息子どもに頼めばいいと考えたからである。

それにしても、自動車ではいろいろな経験をした。肉体的にも精神的にも後遺症なく生き延びられたのは天の恵みという感じもする。何回か、悪ければ死んでもおかしくない状況があったり、脱落、脱線しかかったのだが、生涯を通じて、減点ゼロのゴールドカードを持ち続けたのは、よほど運がよいのだろうと考えている。

注一、　広い国土のアメリカ、特にカリフォルニア（実際、カリフォルニア州の面積は日本より大きい）では上空からヘリコプターなどで道路を監視しているらしい。それで速度違反の車を見つけたりすると、地上の警察へ連絡すると、後で知った。

第五章　芸術、芸能

ある日の芸術散策（文学、建築、陶芸）

荻田倫男さんから、二〇一五年一〇月に、美術展の招待状を戴いた。毎年の年賀状から彼が会社員である頃から長らく陶芸制作の趣味に凝って楽しんでいるのは知っていた。彼の作品も展示されているというので興味を持って行くことにした。場所は上野の都美術館で一週間ほど開催されるとある。彼は、私が結婚して住んでいた埼玉県和光市西大和団地の軟式テニスクラブで知り合った仲で二歳年上、ピアノを教えている奥さんも知っている。今は夫妻ともに逗子市に住んでいる。

会場でゆっくり会える時間を聞いたら、午後の早い時間とのことだった。

私は、ただ一ヶ所に行くだけでは時間がもったいないので、近くで行ったことがない千駄木町の森鷗外記念館と、その近くにある以前から一度は行ってみようかと思っていた島薗邸に行くことにした。

まず地下鉄三田線で白山駅でおりてゆっくり初めての歩いた事のない道を人に聞きながら団子坂の方向に歩いていった。団子坂上の右手に目的の森鷗外記念館のコンクリートの建物があった。

ここは、かつての鷗外の住居、観潮楼のあったところである。中に入ると展示室は地下一階である。いろいろな鷗外の資料が展示されている。陸軍の軍医であり、公衆衛生学が専門で最後は軍医総監にもなった彼の経歴が写真入りで、また彼の文学作品、手紙などが並べられていた。彼が日清戦争の時は、釜山、大連、旅順などに数ヶ月勤務していたことを知った。平日でもあり見学人は非常に少なかったが、ゆっくりそれらを見終わると、一室ではビデオで、鷗外と同じ医者出身の作家である加賀乙彦名誉館長に続いて、鷗外に強い興味を持っている三人の人たちが画面に出てきて彼らの解説がそれぞれ一〇分弱くらいであろうか上映されていた。

最初が森まゆみ氏で、彼女は文京区の文学関係の史蹟をいろいろ調べ、地域雑誌を創刊し宣伝もしているノンフィクション作家で、谷中、根津、千駄木、いわゆる谷根千という言葉をポピュラーにした人である。彼女は鷗外の『安井夫人』に見られる端正な文体とか、『青年』は漱石の『三四郎』と同じように、上京した青年の東京における初々しい行動を描いた作品だが、その文章にはこの辺の情景がいろいろ出て来るという話をしていた。バックには「青年」が辿った道の風景が映し出されていて、いまや「青年の歩いた道」というような大きな看板も、散歩の道標となっているのが出て来た。

入場券

観潮楼の庭における「三人冗語」（注一）のメンバー
左より、森鷗外、幸田露伴、斎藤緑雨

次に鷗外と同じ島根県の津和野の出身である画家の安野光雅氏が自ら鷗外の魅力について話をし、鷗外が翻訳したアンデルセンの『即興詩人』が彼の愛読書である話をした。「ゴンドラの唄」にある有名な「命短し、恋せよ乙女……」という言葉は、実は鷗外のこの翻訳から、ヒントを得てとられた、ということを語っていた。彼は、自らも即興詩人に関した画集を出版しているとのことであり、郷土の文豪に対する愛着が深いようだ。

三人目に一九九九年に芥川賞を得た若い作家、平野啓一郎氏が鷗外の文章の素晴らしさをいろいろ語り、もっともっと鷗外は読まれるべきであると話していた。

見学を終わって、外の庭に出ると、現在観潮楼の跡として残るのは、前ページの写真で鷗外が腰かけている大きな岩と、そばの銀杏の木、それと鷗外がいつも出入口に使った藪下通りへの門の下の石畳みだけで他はすべて戦災で焼失したというので、その三つをゆっくり確認して記念館を後にした。

次に、その団子坂上の交差点を左折して、島薗邸に向かう。なぜ私がそれに興味を持ったかと言うと、数年前になるが、二〇一一年、福島原発の事故後の七月に、東大文学部で、それに関する緊急討論会があって、私は、文学部では、原発の装置をよく理解している筈もないのに一体どんな議論をするのだろうと、野次馬気分で興味をもって本郷に出掛けたことがあった。そしてその講演者数人の中には、医学部の放射線科医で、私と親しい中川恵一氏もいたのであるが、あとは文学部の人たちで宗教学が専門である島薗進教授がいた。彼らの議論は専門外ではあり、およそ変な感覚の講演者もいたのだが、島薗氏は、この事件を国民としてどのように受け止めるべきかというような、精神的な観点からの話を謙虚にして、その話が印象深かったので、講演後に彼のもとに行って数分互いに話をし、その後、島薗氏とはときどきメールをやりとりする間柄となっていた（注二）。

島薗家はもともと医者の家系で、祖父は内科、伯父は生化学者で共に東大医学部教授であって、彼も医者になるつもりで東大理三に入学したのだが、思うところあって文学部に転学したとのことである。彼は定年後、上智大学に移っている。

そして一年程前に、東京メトロの広告で島薗邸というのが文京区の建築無形文化財になっているというのを見て、島薗というのは珍しい漢字の名字なのであるいはと思って彼にメールで問い合わせたら、実はその家が、一時彼が住んでいた彼の伯父の家で、今は誰も住んでいないが管理はしています、との事だったのである。インターネットで調べたら、中の案内は特別の申し込みが必要だとか、その期間は終わりましたとあったので、まあ、近くに行くことがあったらついでに道からでも眺めてみようかという軽い気持ちを持っていたというわけである。

ゆっくり歩いていると広告の写真で見覚えのある島薗邸が現れた。見ると門があいていて年輩の男の人が自動車から荷物を邸内に運んでいる。それで「島薗さんのお宅の方ですか?」と聞いて見たら、「いえ、そうではないですが、親族の方が中におられますよ」といって門内に導き入れてくれた。

千駄木町の島薗邸

玄関から、綺麗な色白の婦人が現れ、私が遠慮がちに訪れた由来と島薗教授との話をすると、「私は進の姉です。折角来られたのですから、よかったら家の中を御案内致しましょう」と言ってくれた。明日この家で、彼女が通っていたお茶の水女子大学の幼稚園の同期生の会が行われるので、それの準備をしていたとのことで、食料品などの荷物を運んでいた人もその幼稚園在校時代の同期生だとのことであった。彼女は蓉子さんという名前だった。

この家は、昭和七年に、彼女たちの伯父順雄氏が結婚する時に祖父の順次郎氏が建てたそうである。彼女たちの親、安雄、久子夫妻も昭和二〇年に結婚後、この家に住み、姉弟が生れたが、やがて安雄氏の転勤で一家は金沢に移り彼らは金沢に育ったが、姉弟ともに大学の時に上京してその時にこの家に世話になったとのことであった。

敷地は聞くところによると約四五〇平方メートル、建物は洋風の二階家と平屋の和風の建物がくっついていて、洋風の内部は玄関ホール、医学書が一杯詰まった書棚のある応接・書斎室、洋風の大きなテーブルのあるメインダイニングルーム、女中さんが働いたキッチン、納戸などがあり、和風の方は縁側が南の庭に面し、和室が二室、台所と納戸があった。蓉子さんは一部屋づつ案内して下さり、戸をそのたびに開け閉めして丁寧に説明してくださった。二階は和室、洋室と納戸があり、テラスから和風の平屋の屋根瓦が見え、いろいろな植木のある広い庭も見渡せた。

角南蓉子さんと

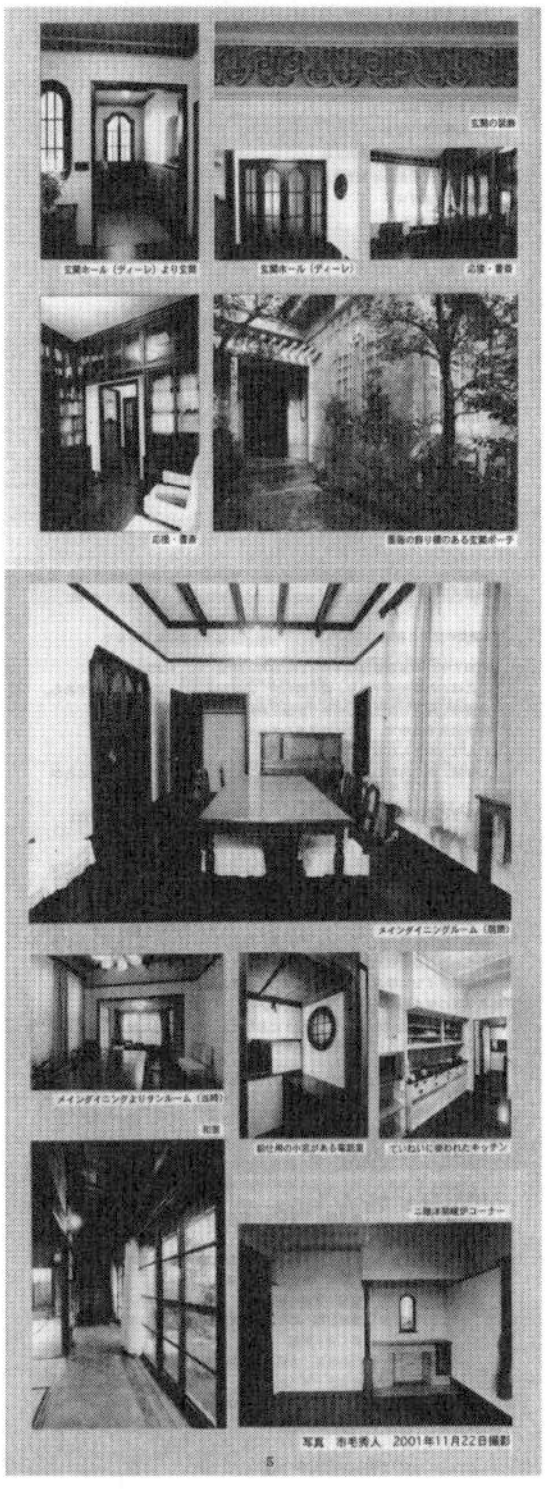

島薗邸の内部「千駄木洋館ものがたり」より

私は「立派な家ですね。学者の家でこれだけ立派な家は見たことがありません」などと話をした。蓉子さんは、「私の夫は角南といいまして、通産省で働いていました」と話された。角南というのは珍しい名前であったので、「私は学生時代、コールアカデミーという男性合唱団に一年のときだけいて、その時数年上級生に角南立さんという方がいて確か法学部だったと思います。」と言ったら「それが私の夫です。卒業してもコールの友達とはよく付き合っていました。三年前に亡くなりましたけれど」と話され、私は吃驚してしまった。なんとこの蓉子さんがあの角南さんの奥さんだったのか、世の中狭いものだなあ、とつくづく思った。蓉子さんも夫の学生時代を知っている人が訪れて来た、というので急に親しみを持たれたようだった。その後、庭で記念に二人の写真をと私が頼み、蓉子さんは「作業着なので失礼なのですが」と言いながら、荷物を運んで作業されていた方に撮ってもらった。「できたら送ります」と私は言った。彼女は、文京歴史的建物を考える会（たてもの応援団）発行の「登録文化財　島薗邸　千駄木洋館ものがたり」というA四版の小冊子を手渡してくださり、別れたのであった。全く思いがけない幸運で、私は邸内の隅々まで親切な彼女の案内で拝見することができたのである。

島薗邸を後にして、その余韻を楽しみながら、団子坂のかなり曲がっている急坂を下った。ここいら辺は全く来たことがなかったし、地図を見ながら上野の美術館にはこのまま歩いていく積りであった。谷中の辺りは小さなお寺が次々と現れ、こんなにお寺が沢山あるものかと驚きながら、今度は昇り坂をあがると上野桜木町の交差点に辿りつく。地図を見ながらで谷中の墓地は左手であるが、そこから芸大にはすぐ近く、やがて何度か来て見覚えのある、以前、展覧会を見たこともある美術学部の校舎が見えた時はほっとした。今まではいつも上野駅から逆方向にすなわち東側からしか歩いたことがなかったのである。

都美術館に午後一時ごろ到着、子供達が親子連れでさんざめいている小さな広場のベンチで妻が作ったサンドイッチとお茶でゆっくり昼食、いよいよ荻田さんに会うことになった。

美術館に入ると、いろいろな美術展があり、モネの画が来ているのが一番の評判のようであるが、私はもう日本でもフランスでも何回も見ているので興味は覚えず、荻田さんの手紙で知らされた四階にエレベーターで行き「新匠工芸会展」の受付で彼が送ってくれた招待状を出す。「名前を書いて下さい」と女性に言われ、書き終わると、傍に既に荻田さんが笑って待っておられた。実にざっと三五年ぶりの再会である。

コートにおける団地のテニス同好会の人たち。右端が荻田さん、その隣りが私、左端が部長の大久保さん

女性の試合での妻

コート際のパッシングショットをボレーでブロックする

そしてお互いしわも増え随分年取ったなあ、というように感じた。西大和団地のすぐ隣の児童公園で毎回ポールを立てネットを張って軟式テニスを楽しんだのは、お互い三〇歳代の前半ぐらいであった。部長で中心的に活動されたのは我々より七、八歳くらい年上の大久保仁さんで、彼は若い頃国体の長崎

県代表として全国大会に出た方で、非常に上手であった。特に前衛として、相手ボールの読みといい、そのフォア、バックともに技術はまるで芸術品のようであった。荻田さんは白面貴公子という感じで、私も彼もそれほど上手ではなかったが、二人とも元気一杯であった。

また、家族ぐるみの懇親大会なども催されて、子供連れで来たりして、お互い友好を深めたりした。年一回の和光市の大会に出たりしたが、理化学研究所が練習場も何面もあり、部員も多く圧倒的に強かったが、私はB級で優勝したこともあった。まあ、勝負はともかく、健康と交流のために、いつも和気あいあいの楽しかった雰囲気を思い出す。

同好会の皆さんもその内、賃貸団地から離れ、今では当時の人はほとんど西大和団地には居ない。児童公園は児童の為の公園だということでテニスもかなり以前に禁止されたと聞いた。こういうことはあらゆる面で言えて、社会の整備がすすむと、どんどん自由度が減っていく。その代りに、有料のスポーツクラブなどがどんどん増加していっている。

さて、会場の荻田さんの説明では、「新匠工芸会展」というのは、有名な陶芸家、富本憲吉氏が中心となって四〇年位前に始まったそうである。染色と陶芸が主な作品で、会場には女性の、和服が壁に沿ってたくさん掛けられて展示されていた。また、装飾用の布製の大きな壁掛けなどもたくさんあった。

そして陶芸作品は、広いテーブルに、十分なスペースをあけて、一品づつ展示されている。荻田さんはこのグループの展示にもう数十年出品されていて、個展も今迄に三回開いた事があると、控えめに話された。家の中は彼の作った作品だらけで、いまや押入れの中まで満杯だそうである。

今回の作品は写真にあるが、黒と茶色で作られた渋い色の幾何学的作品であった。この作品は、土を捏ねあげた数センチの塊を重ねあわせ、形を整え高さ五〇センチ立方メートルくらいの電気炉で一〇時間位かけて焼き上げたものだそうである。黒い部分はマンガンを含み赤い部分は鉄を含んでいるとか。焼き上げて後さらに表面を整える。いろいろな話をしながら、私達は極上の時間を過ごした。私は持参した自著を一冊彼に献呈した。

会場の風景

荻田さんの作品

会場の入口で

奥さんからは「室内には置場もないから庭の腰掛にでもしたらいい」と言われていると、冗談を言われた。また、機会があったら会いましょうといって別れ、上野駅に向かったのは一時間後くらいであったか。一日で三ヶ所、それぞれ異なる芸術を満喫して、「芸術の秋」の充実した時間を過ごした。

帰宅して、『日本の文学　森鷗外』（中央公論社、一九六五年）を取りだして、中学時代に森鷗外全集で読んだ『安井夫人』や『青年』を再読した。再読といっても残念ながら、両者とも全く中身は覚えてなく、『安井夫人』は江戸時代の儒者、安井息軒の妻のことで、彼らの生涯が描かれた短編で、『青年』

は鷗外が四八歳になってからの最初の長編小説とのことである。『青年』は読むのに二、三日かかったが、その中に、どこかで引用されていた文章が出て来た。それは主人公の青年が日記に書いたもので「いったい日本人は生きるということを知っているだろうか。小学校の門をくぐってからというものは、一生懸命にこの学校時代をかけぬけようとする。その先には生活があると思うのである。学校というものを離れて職業にありつくと、その職業をなしとげてしまおうとする。その先には生活があると思うのである。そしてその先には生活はないのである」。

この小説は、三島由紀夫の解説によれば、その中にそれぞれ仮名であるが、鷗村＝森鷗外、拊石＝夏目漱石、大石＝正宗白鳥、大村＝木下杢太郎、詠子＝下田歌子などが出て来る、というところがちょっと面白かった。しかも、話の展開で、如何にも私が感じているような雰囲気で彼らが動いているのが、全くの創作なのにうまいなと感じた。藪下通り、団子坂、千駄木町、谷中、上野桜木町など、歩いたばかりのところが出て来たが、話は青春の不安定な気持ちの文学青年の生活を描いたもので、淡々と読み終わった。もう小説に感動する年ではないことを確認したという感じであった。

次いで、読んだことのなかった『即興詩人』（宝文館出版、一九六九年）の森鷗外訳を図書館から借り出してきた。この本は、三七〇余ページある長編で、全部を通読する気にはとてもならなかったが、眺めていろいろ調べて見た。

デンマークの童話作家、ハンス・クリスチャン・アンデルセンの作で、序文によると、鷗外はそのドイツ語の本を、明治二五年から九星霜かけて翻訳したと書いている。

物語はイタリアに生まれた青年が詩人たることを志し、イタリアの各地を遍歴した旅行記となっていて、その間に、幾人かの女性と親しくなったり、好きになったが一緒になれなかった女性が亡くなったり、というような物語のようだ。

ずっと流し読みしていくと、青年がヴェニス（訳文ではヱネチアとなっている）に向かう舟で、一人の少年がヴェニスの俚謡（りよう、ひなうたのこと）を歌っていて、その辞に「朱の唇に触れよ、誰か汝の明日猶在るを知らん。恋せよ、汝の心の猶少く（わかく）、汝の血の猶熱き間に。……」という文章が書かれていた。これを読んだ吉井勇が、この文からヒントを得て、「ゴンドラの唄」の作詩「いのち短し　恋せよ乙女　あかき唇　あせぬ間に　熱き血潮の　冷えぬ間に　明日の月日はないものを」がなされたとのことである。作曲は中山晋平で、これが彼の作曲家としての出世作になったという。黒澤明監督の映画「生きる」で、深夜の公園で志村喬が演ずる主人公が独りブランコを揺すりながら「ゴンドラの唄」を歌うシーンも思い出した。

鷗外の『即興詩人』が出て以来、その名訳に惹かれて上田敏や正宗白鳥ら多くの文人たちがイタリアを旅行したとのことである。

鷗外の年譜を見ていると、西周の媒酌で海軍中将男爵の娘と二七歳のとき最初の結婚をし、翌年長男於菟の誕生の一ヶ月後に気象合わずとして妻と離婚している。出産してすぐ離婚された妻はどんな気持であっただろうか。そして既に短期間の結婚を経験していた二二歳の大審院判事の娘と再婚したのが四〇歳の時である。そして、茉莉、杏奴、不律（夭折）、類の二女二男をもうけた。若い時にドイツに留学していた時になじみになったエリスが彼の帰国後、彼を追って日本に来て一月近くの滞在で帰国した経験をもとにしたのが、有名な小説『舞姫』であった（注三）。

実は私も似たような女性を身近に経験した。一九九五年、私が研究所の企画室長だった時で、日本・ブラジル修好一〇〇周年に私が政府の科学技術交流団の一員としてブラジルのサンパウロに行き、二国間の科学技術シンポジウムが三日間開催されて私も講演をした。その数日後、さらに二つの大学、サンパウロ大学と郊外のカンピーナス大学でも新たに個別に依頼されてそこでも講演をした。カンピーナス大学の聴衆者の一人で、その大学病院に勤めている放射線技師の中に、若い小柄で色白の可愛いブラジル人女性マファルダ・フェリシアーノ嬢がいた。講演後に病院の研究室の案内で親しくなったのだが、彼女は翌年の夏に、日本にやってきた。メールで連絡があり会ってみると、以前ブラジルで知り合い好きになった若い日本人の男が帰国したので彼に会う為に、日本にやって来たという。

私も折角、日本に来たのだからと明治神宮内苑の満開の菖蒲を案内したり、根津美術館に行ったり、企画室の室員をも伴ってそのマファルダの恋人と数人で会ったりした。その後、彼の家族とも会ったようだが、結局彼女の思いは適わず、失意のまま帰国したのだった。日本人でそこまでやる女性はなかなかいないだろう。もっとも彼女が断念した相手は、私からみると愚鈍な男にしか見えなかったから、それでよかったのではないかと感じた。あんな可愛い女性はきっとすぐに別の男が現れるだろうとは思ったが、その後、職場も変わったらしく連絡がとれなくなった。

話を戻すと、鷗外は、女性ではかなり苦労している。しかし男女の仲というのは他人に窺いしれぬものだけに表面だけみても単純には議論できないと思う。

それは別にして私は彼の社会的生き方が、好きになれない。私は辰野隆氏や伝記作家小島直記氏の鷗外に対する批判を知っているが、彼らの言は厳しく、山県有朋の腰巾着と言われ、最後まで世俗的栄誉

をも追いかけた鷗外を人間として尊敬する気には私もおよそならない。有名な「石見人　森林太郎とし
て死せんと欲す。……墓は森林太郎墓の外一字もほる可からず」という遺言も、それまでの生涯を最後
に深く考え込んだ結果ではあろう。能力があったから、軍医としての社会的の地位と文学の二兎を追っ
た彼の生き方は、それでよいのだが、権力者に媚びた面があったのは、残念である（自著『折々の断章』
（丸善プラネット、二〇一〇年）内「辰野隆氏」、そして小島直記著『人生まだ七十の坂』（新潮社、一
九九〇年）内「遺言のこと」及び『一燈を提げた男たち』（新潮社、一九九一年）内「遺言書」）。
教育が性に合わず大学教授を捨て新聞社に入ったり、文部省からの博士授与を断固として拒絶した漱
石とは随分異なっている。人間の実際の生活と、生みだされた芸術は関連しつつも、独立もしていると
ころが人間の複雑さである。
それにもかかわらず、鷗外の作品を読むと、感情移入を抑えたその筆致に何とも言えぬ上品さを感じ、
彼の文学上の業績は不朽であるとは思う。ただ、彼の作品は、あまりに冷静すぎ、読んだあとでも筋書
きは記憶されても、情景が漱石の作品のように生き生きと残らない、人物が躍動していないので私にと
っては文学として物足りなく感じてしまう。これは『三四郎』と『青年』の差である。後者は前者の二
年後、明治四三年から翌年まで雑誌『昴』に連載された鷗外初の長編だとのことだが、それだけに『三
四郎』は鷗外の意識内にあった筈だ。例えば、登場人物でも、『三四郎』は物理学者の野々宮宗八、広
田先生、学友の佐々木与次郎など個性的な人物を配しているし、女性についても里見美禰子は印象的だ
が、『青年』ではそういう女性はなく、最後のほうで、年配の坂井夫人が出て来るが、意味あいが異な
る。周囲に出てくる人は皆地味で、主人公の青年、小泉純一自身もおとなしい。これは情緒豊かで神経

過敏であった漱石に対して、鷗外その人が怜悧そのものの性格だったのではないかとも感じる。
またいわゆる史伝においても、最後まで厳密な資料の考証に費やされているのはよく解るのだが、あまりに傍観者的であり、あと一つ心に響かない。これは『安井夫人』から傑作といわれる『渋江抽斎』に至るまで徹底している。吉野俊彦氏はそういう鷗外に魅入られて多くの鷗外に関する本を書いた。しかし、私はやはり漱石の方が好きである。そういう点での感じ方は、これは好みの問題でもあろう。

注一、 森鷗外主宰の雑誌『めざまし草』において、森鷗外、幸田露伴、斎藤緑雨の三人が行った作品合評。当時の批評界の権威として、多くの作品を辛辣に批判したなかで、樋口一葉の『たけくらべ』に対して、この小説を絶賛し、彼女の文名を一躍高めたとのことである。

注二、 この時の緊急討論会については、その後、『低線量被曝のモラル』（河出書房新社、二〇一三年）として出版されている。

注三、 この時の経緯は、鷗外の妹、小金井喜美子の文「兄の帰朝」にやや詳しいことが書かれている（『日本の名随筆　別巻三一　留学』（作品社、一九九三年）。それによると、森家の皆が苦悩し、エリスは「だんだん周囲の様子も分り、自分の思違へしてゐたことにも気が附いてあきらめたのでせう。もともと好人物なのでしたから。その出発に就いては、出来るだけのことをして、土産も持たせ、費用その外の雑事はすべて次兄が奔走しました。前晩から兄と次兄と主人とがエリスと共に横浜に一泊し、翌朝は五時に起き、七時半に艀舟で本船ジェネラル、ウェルダーの出帆するのを見送りました。在京は一月足らずでした」とある。鷗外としてはそれなりの対応をしたのだろう。

こういうことに熱心に調査をする人がいたようで、インターネットのブログによると、エリスは帰国後、やがて結婚し、高齢まで生きたという。中年になった写真も出ていた。その意味で、エリスが発狂するという『舞姫』の悲劇は完全な創作であることが解る。

京都生まれの根性の歌手・都はるみ

私は女性演歌歌手で美空ひばりに続く後継者は都はるみだと思っている。美空ひばりの歌を唄う歌手としては天童よしみが声の質も似ていて一番うまいと思うが、彼女はまだ都はるみよりだいぶ若く、その実績からみて都はるみはすべての他の歌手に比べて抜きんでている。

彼女は京都の西陣織の家に生まれ、幼い時から日本舞踊を習い、母親自ら浪曲と民謡を教えたそうである。女子高校を中退し、一六歳でデビュー、「あんこ椿は恋の花」でその独特のうなり節で大ヒットした。彼女はこの年レコード大賞新人賞を獲得した。

父が韓国人であるということで、日本レコード大賞は純日本人が受けるべきであるという心ない意見がマスコミで出て、彼女が歌手をやめようと思った時、「自分もつらい時があったのよ」と美空ひばりが慰めたそうである。確かに美空ひばりも、山口組の組長の田岡一雄の後援を受けて問題になったり、弟のかとう哲也がその暴力団に入ったりして賭博、拳銃保持など不祥事を起こして、逮捕されたりした。その時はひばりの家が家宅捜索を受けたという。

その後「北の宿から」でレコード大賞、私は都はるみが昭和五五年にレコード大賞最優秀歌唱賞をとり、三冠を達成し、作詩の吉岡治が日本作詩大賞をとった「大阪しぐれ」が大好きであるが、この時の作曲の市川昭介が彼女の恩師であった。彼が「あんこ椿は恋の花」、「涙の連絡船」、「好きになった人」、「ふたりの大阪」と次々に彼女のためにヒット曲を作曲して彼女を育てたのである。彼は紫綬褒章を受章したが、二〇〇六年に彼が亡くなったあと、追悼の都はるみの歌いぶりをテレビでたまたま見たことがあるが、彼女は終始涙声で声にならず、それでも必死になって歌っていた。

彼女が「私は普通の奥さんになります」と言ってデビュー二〇年にして一時は引退したその時は、上方の落語家、桂春団治を描いた「浪速恋しぐれ」で始まる涙ながらの引退興行も放映されたのであるが、その彼女が復活したのは、美空ひばりが亡くなったことによると言われている。調べてみると、彼女の一時引退は一九八四年、ひばりが亡くなったのは八九年、はるみが復活したのは九〇年である。私は、はるみ自身、ひばりの後をという思いが強く、今ではひばりのように死ぬまで歌おうくらいの気持ちなのではないかと思っている。

「大阪しぐれ」に続いて私が好きな歌は「千年の古都」と「古都逍遥」である。彼女の育った京都を唄った歌だが、ともに弦哲也の作曲で、吉岡治とたかたかしの歌詞がとてもいいと思う。「約束もなく日が昏れて　衣笠山に一番星です　……陽は昇り　別離と出会い繰り返す……ああ　夢は老いることなく　悠久のまま……ああ　時は身じろぎもせず　悠久のまま　千年の古都」とか、「春　爛漫の嵐山落花の雪に　踏み迷う……濁世（じょくせ）の闇に　赫々と　御霊（みたま）を送る　大文字……別離は人の　常なるを　銀漢冴えて　水清く　ゆきて還らぬ　紅唇よ　熱き心よ　今何処」とか。銀漢というのは聞きなれない言葉であるが、調べて見ると天の川のことである。

いずれも京都の如何にも古都の感じがよく出ていると思う。また、それを唄う時の彼女のたたずまいが素晴らしい。彼女の歌うときの表情を見ていると、本当にふるさとの京都を思いながらの気持ちが切々と伝わって来る。これは私自身、何度も京都を訪れていて古くからの京都が素晴らしいと思う心情が強いからでもある。

私は学会、研究会とか用事とか、ほとんど仕事のついでだが、たぶん京都を一〇回くらい歩き回っている。ともかく京都は、住むには冬、底冷えがして大変だという人がいるが、よそから観光でなら何度訪れても素晴らしい古都だと思う。

考えてみると都はるみは「あんこ椿は恋の花」などを唄ったときのパンチガールのような明るい弾んだ歌いぶりから、市川昭介作曲の「大阪しぐれ」、「夫婦坂」や阿久悠作詩の「北の宿から」のように、日本の演歌の伝統的な女性の「尽くし型」の歌を経て、しみじみとした京都を唄った抒情曲を聴かせるまでに人間として成熟した変容をみせるに至った。今は六〇歳の半ばを越えているが、このように常に努力してきた彼女に心からの拍手を送りたいと思う。

私が考える日本の美男子、西欧の美男子

日本で誇る映画の美男子はいったい誰か？

水も滴る美男子の代表は長谷川一夫であろう。彼の若い時の時代劇では生きのいい江戸っ子もあり、戦前の映画では山口淑子との「蘇州夜曲」もあった。その頃の彼には甘い雰囲気があり、一方、戦後のNHK歴史大河ドラマ第二作「赤穂浪士」では中年になった大石内蔵助の落ち着いた家老の全体を統率する姿が、バックの音楽と共に忘れられない。

続いて私の好きな美男子俳優は市川雷蔵である。吉川英治の新平家物語の平清盛は、自分の生れに迷い悩み、かつ来るべき武士の時代に臨む若々しい魅力に溢れて居た。彼が三十歳代後半に死去したのは、実に惜しかった。

つづいて、私が好きな俳優は、美男子型ではないが三船敏郎である。彼は徹底的に男らしい俳優だった。彼には逆に甘さを醸し出す雰囲気は一切なかった。彼が演じた「椿三十郎」は、時代劇で私が最も好きな映画で何度見ても素晴らしい。録画したビデオテープでもう三〇回以上見ているだろう。「七人の侍」では、百姓あがりの侍まがい、菊千代を体当たりで演じた。そして映画館で見た吉川英治原作のカラー映画「宮本武蔵」は正に彼の真骨頂が出ている。食事中に蝿を箸で捕まえて、彼にドスを効かせようと押し寄せたやくざ連がそれを見て驚いて逃げだすシーン、舟島での佐々木小次郎との場面、絶えず太陽を背に受けて波打ち際を平行に走り、歩き、砂浜の相手にまぶしさを見舞う作戦など、未だによく覚えている。相手のお通は可憐な八千草薫が演じた。

加山雄三は、全く明るい青春男を演じて比類がなかった。高度成長の時代、思いっきり恵まれた環境の中、大学での水泳選手のヒーローとして、エレキバンドのリーダーとして、周囲の同学年の女の子に絶えず憧れ、慕われ恋されるという、男冥利に尽きるような若者を演じた。一方、今や「椿三十郎」ではほとんどの俳優が死んでいる。久我美子の夫だった平田昭彦、藤原釜足、伊藤雄之助、志村喬、三船敏郎、入江たか子、団令子、小林桂樹、田中邦衛、生きて居るのは敵役の仲代達也と家老の親戚、若侍の頭領を演じた彼だけである。彼のさわやかな姿は、今も健在で「永遠の若大将」と言われて、よくテレビにも出て来る。

これらの俳優は、それぞれ異なる意味で美男子の代表であろう。彼等もいいが、私が考える日本一の美男子は、鶴田浩二である。彼の渋さを伴った男ぶりというのは本当によい。特に山本富士子と共演した衣笠貞之助監督の「婦系図　湯島の白梅」では、湯島天神の満開の梅をバックにしての、お蔦、主税の名場面を思い出す。正に日本一の美男、美女の組み合わせであったと思う。

この小説のあらすじは、かつてやくざのはしくれだった主税を立ち直らせた恩師が、芸者との結婚を許さないという意向に逆らえず、お蔦と別れる悲劇を描いた。お蔦はその後、肺結核で亡くなる。作者の泉鏡花が、芸者と結婚する時に、師である尾崎紅葉に反対されたのが、きっかけで創作されたものである（実際は鏡花は自分の意志を通して芸者と結婚し、終生共に生活した）。

鶴田浩二は特攻隊でありながら、突撃をする前に戦争が終わり、生き残ったと普通言われるが、真実はそうではなかった。海軍航空隊にはいたが　特攻隊を常時飛行場から送る立場であったという。ただその経験から、その後の彼の姿には、その時のやるせない思いが身体全体から滲み出ている。

私は十年くらい前に高野山に行ったが、奥の院には数々のお墓が並んでいる。その中に「特攻隊の碑」がある。そしてその直ぐ隣りに鶴田浩二の墓があった。

実は先の映画「宮本武蔵」で物干し竿といわれた長刀を使った燕返しの天才、佐々木小次郎を演じたのが鶴田浩二だった。その思われ人、朱美を演じたのは岡田茉莉子である。嵯峨美智子も共演していた。いずれも匂うような美女だった。

彼は、歌謡曲にあっては吉田正の弟子である。別の自著『坂道を登るが如く』（丸善プラネット、二〇一五年）の中の一節「昭和歌謡曲の偉大な作曲家」でも書いたが、師匠の作曲した数々の歌、「街のサンドイッチマン」、「赤と黒のブルース」、「傷だらけの人生」、「好きだった」などを歌い、片手を耳に当てた独特のスタイルで歌ったのを思い出す。これは若い時、薬の副作用で左耳が難聴になったからだということを聞いたことがある。俳優としては大スターにありがちな数々の思いあがった振る舞いがあったようだが、舞台では常に何か、恥ずかしながら、余計ながらも生きています、というような雰囲気があった。もともと、かなり不幸な家庭環境で育ち、母の連れ子として育った彼には、一種の翳りと言ったものがありそれが複雑な心情を演じる俳優になる素質を持ったこととなったようである。

まあ、私が彼を好きな理由は、一面的でない、内面に複雑な思いをかかえた男という姿に惹かれるからかもしれない。自分もなにかそんな気分がすることがよくある。もっとも、私達の世代は、彼に比べればはるかに幸せな時代を生きている。

しかしである。こういういわゆる美男子もいいが、およそそういうタイプでなくても、年輪を経た男に、ほれぼれする時がある。例えば、私が大好きな男が、歌手の田端義夫（バタやん）である。彼の「大利根月夜」(「明治一代女」や「岸壁の母」の作詞家、藤田まさとの絶妙な歌詞である)は戦前昭和一四年の歌で、江戸時代末期、利根川沿いで起こった飯岡助五郎一家と笹川半蔵一家の戦いで、笹川方の助っ人として戦い重傷を負い、ただ一人翌日死んだとされる平手造酒(平手は以前、千葉周作道場の四天王だったが酒癖が悪く破門され、結核になり博徒の用心棒になったという)を歌ったものであるが、バタやんが戦後この歌を円熟した頃に歌った舞台姿、歌いぶりは本当に素晴らしい。中でも彼が五〇歳代後半の映像(YOUTUBE)は、彼のワンマンショウと思われるが、その最後の曲として「私は皆さんの御声援のお陰で半世紀、芸能生活五〇年、しかも今も現役、この社会ばかりは現役じゃなければだめなんですな(拍手)。……先ほども司会者が言ったように、芸能界は厳しいんですよ。私、やりますよ。ああ、任せてください。これからですよ。さあ、行こう! では、わかれの歌、大利根月夜」と拳を突き上げ、やおらギターを肩にして、尺八と琴とオーケストラの伴奏で歌い出す。

「あれを御覧と指さす方に、利根の流れを流れ月、昔笑うて眺めた月も、今日は、今日は涙の、顔で見る……」

平手造酒のやるせない思いを歌う、その歌いぶりは、苦難をのりこえてきた歌手にしか出せない雰囲気、哀愁を帯びた渋い声で、実に、その男っぷり、表情に惚れてしまう。

彼はまだ幼児の頃に父を亡くし、小学校を三年の時に中退、貧乏で常に栄養失調であった。トラコーマという眼病にかかり、右目の視力を失った。それからいろいろな店で丁稚奉公をしながら、ディック・ミネのギターを持ちながら歌う姿にひかれて、歌手をめざす。流しのギター弾きのスタイルで、一九歳の頃素人コンクールで優勝して、周囲から勧められ上京し、昭和一〇年代半ばからあとはプロの歌手としてただ一筋、戦後には戦地から帰る人々が故国を目の前にした気持ちを歌った「かえり船」が一八〇万枚の大ヒットとなったり、また一方軽快な「玄海ブルース」なども歌った。奄美大島の歌「島育ち」、沖縄の俗謡の「十九の春」も絶品である。

平成に入って、東海林太郎、藤山一郎、ディック・ミネ、林伊佐雄に続いて、八年間、第五代目の日本歌手協会会長となった。今は既に故人であるが、素晴らしい歌手であったし、人間としても素晴らしい男だったと思う。

一方、外国の俳優での美男子というのはどうだろうか。私が大好きな西部劇での俳優、ゲーリー・クーパー、ジョン・ウェイン、アラン・ラッド、カーク・ダグラスなどはかつて書いたことがあったので除くとして（自著『折々の断章』（丸善プラネット、二〇一〇年）内「男の美学―西部劇の世界―」）、現代ものの映画では、ヴィヴィアン・リーと共に主演した「哀愁」のロバート・テイラーがその代表であろうか。次いでは、ウイリアム・ワイラー監督の「ローマの休日」で、王女オードリー・ヘップバーンを相手とした新聞記者のグレゴリー・ペックの清潔感、清々しさが心に残る。これでオードリーはその短髪のスタイルと共に一挙に世界中のアイドルになった。

また、タイロン・パワーも美男子であった。陸軍士官学校の教官となった男の物語「長い灰色の線」で妻となったモーリン・オハラが亡くなり最後に学校の生徒たちを見送るシーンで突如亡き妻の面影が生徒たちの灰色の制服の向こうに浮かんでくるという最後の印象的なシーンを演じた。彼は「愛情物語」では実在のピアニスト、エディ・デューチンを演じ、妻キム・ノバックの悲しみの中で、彼は四一歳の若さで白血病で死んでしまう。タイロン・パワー自身も同じく四〇歳代で、心臓麻痺で若くして世を去った。主題曲のショパンの「夜想曲二番」の旋律とともに、その優しい甘さが目に残る。

またフランス人であれば、「モンパルナスの灯」で画家モジリアーニを演じたジェラール・フィリップであろう。愛人（妻）のアヌーク・エーメの美しさも忘れられない。実話では妻は、貧窮と結核、酒で体を崩したモジリアーニが亡くなった後、彼の後を追った。ジェラールはルネ・クレール監督の「夜の騎士道」（原題は「大演習」）で軍隊士官の役で主演し、離婚した人妻ミシェル・モルガンとのお遊び恋愛劇を演じた。また「パルムの僧院」では、ワーテルローの戦いから戻り、つまらぬことから殺人を犯し、閉じ込められた監獄で監獄長官の娘との恋に身を焼く主人公の青年を演じた。また、私は原作を読んでいる映画は見ない主義なので見てはいないが、同じスタンダール原作の「赤と黒」にも出演している。彼は、モジリアーニと同じ三六歳という若さで亡くなっている。

もっと後の世代では「太陽がいっぱい」のアラン・ドロンという人も多いであろう。「地下室のメロディー」では、老獪なギャングであるジャン・ギャバンとの共演でチンピラの共犯者を演じたが、最後は強奪した一〇億フランの札束が、プールで浮かびあがるという忘れ難いシーンがあった。

これらは皆、美男子系とも言える人たちであるが、私が全く別にいいなあ、としみじみ思うのはハンフリー・ボガードである。彼の映画で最初に見た映画は、「ローマの休日」を作ったのと同じウイリアム・ワイラー監督の「必死の逃亡者」である。脱獄囚の三人が逃走し、中西部の典型的中流家庭に昼間押し入り、愛人と連絡をとり彼女からの高飛び用の金を得るまで、と閉じこもる。警察はなかなか彼らがどこに逃げたか解らない。映画の一つの見どころは勤めから帰ってきて事態を知ったサラリーマンの夫が必死に家庭を守ろうとする振る舞いで、これを演じ、別の映画でアカデミー主演賞を受賞したフレデリック・マーチの勇気ある態度と行動なのだが、脱獄囚の頭領役がハンフリー・ボガードだった。情け容赦もない冷たい凄味のある悪役だった。

その後、私は第二次世界大戦中に作られた名画「カサブランカ」を見た。当時、モロッコのカサブランカはヴィシー政権下、フランスとドイツの警察が別々に治安を守っていた。この映画で、カサブランカのクラブの経営者であるボガードが、最後に飛行場で、かつて若き頃恋仲であり、今はナチスへのレジスタンス運動の闘士の妻であるイングリッド・バーグマンを亭主と共に追っ手の警察を気にしながらより早く飛行機で逃亡させる時の、熱意ある無理やりの説得の表情が実に印象的である。二人はカサブランカで再会し、再び愛を確認していたのである。とまどうバーグマンに有無を言わせず、「急げ！ かつての仲は思い出だけで十分だ」という彼の態度は、本当に彼女の幸せを思う気持ちに溢れていて、大局を見誤らない彼の態度に打たれたものであった。この時の彼のまなざしは本当に男らしい見事さだと思った。彼は決して世のまともな生活をしてきた男ではない。なにか陰を背負った複雑なまなざしである。しかし、そのタフな半生から滲み出て来る逞しさ、そしてその優しさは美男子俳優から出て来るものとは全く違う（またこの映画の最後、追ってきたドイツの警察官を撃ち殺したボガードを守るフランス警官の振る舞いもなんともしゃれていた）。

彼はおよそ美男子ではなかったが、男は、武骨であっても、本当の素晴らしさというものは、みかけではないということをつくづく思わされたものであった。その点、女優はあくまでも美女であることがまず第一要件であるのと全く違っている。私は若い時からいつもそう思って来たのだが、要は、男は、美男子、醜男とは関係のない世界で、その男としての人生の勝負をしないといけないのである。

第六章　人物論

科学英語の達人、井口道生先生

井口（いのくち）先生は英語の能力がアメリカ人と全く変わらない達人だった。先生は一九三三年生まれで、私より九歳年上である。日本からアルゴンヌ国立研究所に行き、終生そこでの研究員であり名誉主任研究員だった。日本では平成天皇と学習院の高校で同級、大学は東大教養学部教養学科、科学史・科学哲学専攻でそれから東大数物系大学院応用物理学博士課程を中退し助手となり、工学博士となってアメリカに留学、ノースウェスタン大学を経てアルゴンヌ国立研究所に入った。

先生の研究は放射線の物質への作用の微視的機構が専門であった。光子、電子などの原子、分子、あるいは凝縮物質との相互作用に関する理論であった。有名なファノ因子（注一）を導いたイタリア人ウーゴ・ファノと親交が深かった。

私が最初に先生にあったのは、放射線医学総合研究所に入った一年目の一九九一年、周囲に押されて国際放射線影響学会（ＩＣＲＲ：International Congress of Radiation Research ）でＨＩＭＡＣに関する招待講演をするために初めて行ったカナダのトロントであった。大学院での研究室の先輩で放医研にいた松本信二さんに紹介された。その時はこの優しそうな方があの有名な井口先生か、と思った。

続いて先生に会ったのは、一九九八年で私が企画室長であった時、先生が国際放射線単位委員会（ＩＣＲＵ：International Commission on Radiation Units）の委員長として日本でその委員会を開きたいと事前に交渉で来られた時であった。委員会は貧乏なので、かなりの開催費を負担してもらいたいとの申し出に、私はそれまで、国際会議の度に平尾前所長が企業に依頼し、あまってためてあった研究所の預金があったので、それで充当することにして喜んで引き受けた。会議はアメリカ、ドイツ、カナダなどの委員十人弱の委員を呼んで放医研で行った。私は会議に参加すると共に、ほぼ日程が終わった日に、歓迎のエクスカーションとして、午前中の会議の後、午後から浅草見物、浅草から屋形船で夜の隅田川遊覧船を企画した。病院の中野隆史医師（その後、群馬大学教授となり重粒子線医学研究センター長）は浴衣姿、彼は多くのこれも浴衣姿の看護婦さんをたくさん引き連れてやってきた。船内で食事をし、カラオケセットがあったので大いに盛り上がった。

屋形舟の中の様子

中野君の浴衣姿

進行役の私

妻を誘いテネシーワルツを歌いながらダンスをする井口先生

この企画は大成功を収め、私のインディアナ大学滞在中に既になじみであった外国委員から「Fuminori, You have done a terrific job !」（貴方のやったことは素晴らしい）」と賞讃された。その後、井口先生は毎夏になると日本にやって来て、あちこちの大学で講義をした。そして私もその際、是非放医研に来て欲しいと依頼した。我々は水分子からの電子放出の実験を長い間やっていたからである。それは、数年間、先生が日本に来るたびに続いた。先生が研究所に来ると、私はグループの若い研究者に、訓練もあって先生の前で発表をしてもらい、先生にはそれに対する議論をいろいろして戴いた。

放医研に来られた井口先生を囲んで、後ろはロシアから来ていた原子分子学者のシュベルコ氏

先生を囲んでの飲み会

それが終わると先生と歓談し、もう一度先生とゆっくり飲みながらお会いしたいというと、先生は手帳を取り出して「ええとこの日は皇居にいくことになっている」と言ったりするのであった。それは、学習院の同級生である平成天皇と会いに行き、天皇と旧交を温めるらしかった。一度先生は「天皇は麻雀が好きでね」と口を滑らせたことがあり、我々の一人佐藤幸夫君が「また、これですか」と麻雀の手

つきをすると、先生は「まあ、ここだけの話だよ。表立っては言えないけれどね」などと笑って答えられるのだった。

学問的には偉い先生であっても、我々と付き合う時は、いつもなにかいたずらっ子のような甘えん坊のような、生活を本当に楽しんでいるという雰囲気があって、とても親しみを覚える先生であった。

先生は一九九六年からアメリカの **Journal of Applied Physics** 編集長、二〇〇〇年より **Physics Essays** 編集委員などを務められていた。外国での専門ジャーナルの編集長となるなんていうのは実に大変なことである。

先生の著書に『英語で科学を語る』、『英語で科学を書こう』、『続 英語で科学を書こう』（以上、丸善出版）がある。このように先生は英語に関する研鑽にも余念がなく、私も先生にいろいろ参考になることを聞いたりした。

先生は東京に居る時は、いつも港区の麻布鳥居坂上の国際文化会館に泊まられていた。私はある時、先生に会いにそこを一人で訪ねた。そこは緑の豊かな庭園があり、外国人宿泊者のための図書室などもあった。先生は喜んで、会館の中で食事をしたりして、いろいろな話をされた。先生は国際的な科学者でありながら、多方面の文化に造詣が深く、会話はいつも非常に楽しいものだった。なごやかな語らいの中で私が印象的に覚えていることは、「日本人で私が一番英語が上手だと思うのは、吉田健一氏です。彼の英語は本当に素晴らしい」と述べたことである。吉田健一氏は吉田茂首相の息子であって、ケンブリッジ大学のキングズカレッジに在学した英米文学者であるのだから、これは十分想像できることであった。彼の書いた英語の本も紹介されたが、私はその余裕がなく、今から英語を磨くという気にもならず、ついに今に至るまで吉田健一氏のその本を読むに至ってない。

先生が肝不全で亡くなられたのは二〇〇九年である。お酒の好きであった先生は七五歳であった。いまとなっては、いろいろご指導いただき、にこやかだった先生をなつかしく思い出す。ありがとうございました。謹んでご冥福を祈りたく思います。

注一、　確率論と統計学で、確率分布のばらつきにおける指標である。放射線の場合、ある原子がイオン化される方法の数は電子の電子殻の占有状態によって制限されるため、電荷を発生させる過程のそれぞれは、互いに独立に起こることができない。その結果、最終的に得られるエネルギー分解能は、元の統計から予想されるものと異なってくる。井口先生の長年働かれたアルゴンヌ国立研究所はシカゴ郊外にあり、ファノがシカゴ大学に居たため、研究上密接な関係であったようだ。

身近の素晴らしい女性研究者

私の親しい素晴らしい女性について述べたい。彼女は私が三〇歳で就職した東大原子核研究所に勤めていた。私は大学院時代、研究所に通って原子核実験用に使う試料を作ったり先輩の実験データの解析を手伝っていた。その手伝いの時、私は彼女に初めて出会った。先輩のデータはサイクロトロンでの実験で、測定器は原子核乾板と言われるものだった。原子核構造を調べる為に加速器ビームによる原子核反応で発生した粒子のスペクトルを取るために、磁気分析器の焦点面におかれた原子核乾板の飛跡のデータを顕微鏡で一つ一つ数える仕事に彼女は従事していた。これは大変な苦労を伴う仕事である。何千、何万という飛跡を、顕微鏡の中を眺めながら手元にあるカウンターで数えていく。これを繰り返すと目が霞み、神経が大変疲れるという。この仕事を黙々と続ける彼女に私は讃嘆の極みだった。

しかし、仕事を離れた時の彼女は、目がきらきらと輝いていて、ふっくらとした色白の美しい女性だった。彼女は結婚していて、ご主人はロシア語の専門家で、マヤコフスキーを日本で初めて訳した方と聞いたが、早稲田大学露文科卒業、病弱で在学中何年か遅れたりしたので、五木寛之と同級生になった時もあったという。たぶん当時トルストイ、ドストエフスキーやツルゲーネフの翻訳をして有名だった米川正夫氏などに習ったのではないかと思う。私も米川氏訳の何冊かの本を読んだが、私が大学に入って、代々木にあったロシア語教室に一年通っていた時、教室の先生が米川氏を連れて来てひとしきり懇談の時を持ったことがある。

彼女は私より七歳年上、名越（なごし）智恵子さんである。彼女は伝統ある長野県立諏訪二葉高校（戦前は諏訪高等女学校）に入った。彼女は父上の希望もあって医者になるつもりであったが、高校生の二年から三年になる頃に父上が亡くなり、急遽金のかかる医学部は無理だということで慶應大学の文学部独文科に入学、それでも授業料が続かず一年で中退し通信教育を受けたという。

その内に、それを終了はせず卒業まではいかなかったが、結婚されて、私が会った頃は既に二人の娘さんがいた。私が原子核研究所に就職した数年後、一九七四年八月に狭山湖近くの彼女の素敵な洋風のお宅へ自動車で妻と、三歳の娘と一歳の息子を連れて訪れたことがある。彼女の家は片方を森に囲まれていた。御主人は実に優しい感じで、私は文学を専攻した人はこんなに柔らかい人なんだと感じた。

私の子供達は、森でとれたカブトムシを初めて見て物珍しそうに手に取り楽しんでいた。名越さんの娘さんは佐保ちゃんと志保ちゃんといい既に二人とも小学生であった。夜は折しも西武園で花火大会が行われていて名越一家と我々は遠くに花火を見たりした。

私は、別のおりに彼女の結婚までのいきさつのほんの一端を彼女から伺った。まだ恋人同士の頃、彼氏は病弱であって、ある時肺の大手術で入院した。彼女は病院に行き医師に「あの人をどうかして助けて下さい」と泣いて取りすがったという。本当に真剣に愛していたに違いない。そういう彼との生活で彼女は実に幸せそうだった。

彼女がそもそも研究所で働くようになったのは、ご主人が研究所の所員の希望で、ロシア語学習の先生として教えていたのがきっかけで、そのうち研究所での仕事でアルバイトが必要となり奥さんの彼女が働きだしたのだという。アルバイトの内容は上記のような単純作業だったから大学が文学部の彼女でもできたのであろう。そのうち、彼女は研究所で正式に採用され行政職である技官となった。そして、このような仕事を何年かするうちに、その着実な仕事が認められたのであろう。彼女は教務職である技術助手となっていった。

名越さんは、それまで科学の研究のいわば補助的仕事をしていたのだが、技術助手になってしばらくして、科学そのものをしっかり理解したいと思うようになって、大学で物理学を学ぼうと決心した。そして、四十歳代に働きながら東京理科大学の二部、夜学の物理学科に学士入学して通い始めた。このことで、周囲では「いまさら名越さんが」と多くの人からはその行動に疑問の声もあったらしいが、研究部長主任であった平尾泰男教授は「それはいいことだ。頑張りなさい」と暖かく背中を押してくれたという。

やがて、名越さんはわずか二年で大学を卒業して（たぶん、これは高校時代に医学部志望で理科系の受験勉強をしていたこと、一、二年の教養課程の単位は全て、慶應大学での通信課程で取得済みであったことも大きかったであろう）引き続き働いていたのだが、身体の弱い御主人にもっと空気のよい田舎でのんびりと著作業などで過ごしてもらいたいと、伊豆の別荘地に土地分譲の家を建てつつあった。温泉付きの特等の住宅である。この場所は親戚の人が中伊豆に住まいを持っていて紹介されたとのことである。

ところが、家の棟上げ式をした日に元来病弱であった御主人が入院、そのまま御主人が、新しい住宅に一度も住むことなくして亡くなってしまったのである。肺手術の輸血によるC型肝炎からの肝臓がんであった。彼女は五一歳の時であった。何と言うことであろう。運命は非情であった。

こういう時の、人の心持ちは経験したものしか、本当にはわからないのではないかと思う。

これが彼女にとっては実に長い苦労の始まりであったが、逆に彼女は持ち前の精神力を発揮して、たぶん予想もしてなかった人生が展開することになったのである。

二人の娘さんを一人で育て、大学にも入れ、やがて自身は更に原子核物理学を勉強し、加速器の実験にも研究者として参加するようになり、アメリカバークレイでの高エネルギー重イオン加速器ベバラックの実験にも参加した。ついにはハイパー原子核（注一）の研究で博士論文を書き、京都大学で博士号をとったのである。私の知る限り、文学部に入ったことがあって、その後理学博士になった人というのは全くいない。たぶん世界に唯一の人かもしれないと思う。これは彼女が人並みすぐれた情熱を持ち、類いまれな努力と才能の女性であることを示している。

私は既に放射線医学総合研究所に移っていたが、移って三年目、一九九二年に、研究部で伊豆の湯ヶ野温泉に一泊旅行に行き旧天城峠のトンネルなどを見物したのだが、二日目に朝から彼らと別れ、一人でバスで北に向かい東海道線函南駅の南にある彼女の伊豆の家に向かった。名越さんの家は小高い丘にある木々に囲まれた素晴らしい一軒家だった。斜面に面し、家の風呂は大きなガラス窓があってそこからは富士山が身近に見えた。彼女はにこやかに笑っていたが御主人と一緒に楽しむ生活をしたいと思っていたに違いないその想いはいかばかりであったであろうか。

佐保ちゃんは上智大学で法律を専攻し、その在学中に、私は忙しかったので、一度、中国からきた若い女性研究者の東京案内を頼んだ事があった。その後、彼女は法律関係の事務所に勤めていた（毎日帰りが午後一一時になるというのでその内止めて、今はフリーの翻訳家になっているとのことである）。

志保ちゃんは明治大学文学部を卒業しなんと文学座の女優になっていた。文学座研究所に入るための競争率は数百倍だったらしい。私は、志保ちゃんがまだ座員になる前の研究生のとき初めて出演した劇「桃花春」を新宿の紀伊国屋ホールに見に行った。彼女はお母さん譲りの美しい娘さんになっていた。また後に妻と夫婦で信濃町の文学座アトリエに招待券をもらって志保ちゃんが主演する古風な時代劇を見に行ったこともあった。妻は学生時代、文学座友の会の会員で文学座の芝居を良く見に行っていたそうである。

その裏には創立者の一人で俳優の杉村春子が住んでいた家があった。文学座アトリエは板敷きの粗末な座席であった。

伊豆の彼女の家の前で

志保ちゃん

その舞台姿

その後、名越さんは研究所に来た博士課程の学生の指導もして何人かの研究者を育てたが、一九九五年に新設された福島県いわき市にある東日本国際大学の当初からの教授となって学生に自然科学一般を教えるようになった。江戸時代からの昌平黌の教え、「義を行う」儒学の精神を基本としている文系大学で、所属は経済情報学科であった。

大学案内での写真

彼女は数学（統計学など）、物理、情報処理その他いろいろな自然科学の科目を教えることになったという。そういうことをしたことのなかった彼女にとって、幅広い科学を教えることは、更に相当の努力を伴ったであろうと想像する。文系の学生に教えるには、単にもともとの自分の専門を教えるだけの授業とは違ったいろいろな工夫が必要であったであろう。

しかし、彼女は持ち前の粘り強さでそれを成し遂げて行ったのだろうと思う。またたおやかな女性教授であったから、学生には凄い人気の先生であったに違いない。

彼女の家からは、自動車で函南に行き、三島から新幹線、東京から常磐線でいわきまで通っていたのだろうが、いつもはいわきで家を借りて住んでいた。私は、彼女がいわきに行き、ときどき週末に三島に帰る時などに、途中で東京駅のレストランで食事をしたり、その後、喫茶店に行ったりして会っていた。彼女はいつも静かな様子であったが、明るく元気で、いろいろなことを問わずがたりに話してくれた。私も、原子核研究所のその後の推移、旧所員の人たちの様子など、いろいろの状況を彼女に伝えた。またお互いになじみであった相互の家族の様子などを話しあって楽しかった。

二〇〇六年には私は平尾先生や彼女となじみであった原子核研究所の旧所員であった人たちを共に呼んだりして彼らとの旧交を温める場をつくったりした。また妻を連れてミュージックレストランで他の私の知人と一緒に食事をしたこともあった。そういう時、彼女はいつもゆっくりと飾り気のない自然体で、そしてしっとりとした和やかな口調で、話をされるのだった。

東京駅で会食のあとの核研の人々、
右より、小川博嗣氏、小池正宏氏
名越さん、平尾先生、私、
名越さんの学生だった安田仲宏君

ミュージックレストランで
右より中学友人の江崎格君
妻と話している名越さん、
西田篤弘先生（元宇宙科学研
究所所長）、

名越さんは姉が二人、下に妹弟がいるという家庭で、関東地方で電気会社の社長であった父上が家族を連れて疎開で諏訪に行った。彼女は諏訪で育ったから八ヶ岳は自分の庭のようなもので、小さな時から登山に親しみ、馬にも乗ったりして、いつも日焼けして真っ黒だったと自らいう。私は八ヶ岳は中学で一度、大学時代にも一度登って共に北八ヶ岳まで縦走したが、彼女は夏も冬も何回登ったか分からないそうである。北アルプスでも、十代の少女時代の単独行で、槍ケ岳と西穂高岳の間、大キレットで滑落して、十数メートル落ちて大怪我をしたとか、別の時は凍っていたのに気付かず滑って数メートル崖から落ちて岩にぶつかり腰に怪我をしたとかの経験もあるという。中央アルプスも南アルプスも一人で走破し、富士山も何度も登ったらしい。「この前も一人で登って来たわ」とか「転んでまた怪我をしてしまった」というような話を聞くたびに、もうお歳なんだからやめたらと言ったりするのだけれど、衝動的に登りたくなるらしかった。ゴルフも、伊豆に一人で住むようになってからプロのインストラクターに個人的に習って一時はかなりの腕前になったという。活発なスポーツウーマンなのだ。

若い頃は文学少女でロマン・ローランの『魅せられたる魂』に熱中したそうである。女主人公の独立不羈の生き方に惹かれたのだろうと思う。また、彼女は母校の諏訪二葉高校で講演をして、物理を専攻して大学教授になったということで熱狂的な歓迎を受け、講演後大きな花束を贈られた写真を見せてくれた。諏訪に行く時は、いつも自動車で自ら運転して行くらしい。

2冊の著書

東日本国際大学では、一一年間勤め、附属図書館長などにもなっていたが、定年を迎えた彼女はその後も、大学から授業を続けるようにと頼まれ、数年の間、教壇に立っていたとのことである。やがて、彼女はこれらの教育経験から、共著で二冊の本を出版した。『地球環境の今を考える』（河合聡・名越智恵子、丸善出版、二〇〇八年）と『放射線とは何か』（名越智恵子・仲澤和馬・河合聡、丸善出版、二〇一一年）である。特に後者は福島の東日本大震災の際の原発事故を受けて書かれ、彼女が主執筆者であり、全体の監修もしたものであった。

彼女にとって、福島の大震災は大変な経験であった。彼女はその時は現地にはいなかったようだが、彼女の教え子、その親戚など、多くの人が亡くなり、しょっちゅう彼らの法事にいわきに通う日が続いたという。そして、いわき近郊を歩き回り、荒れ果てた風景をつぶさに見て、そして住民との会話を通していろいろなことを考えた。

2011 年 1 月
いわき市での講演
「放射線とどう向きあうか」

配布された小冊子

小冊子の著者紹介の写真

彼女はこれに関する思いを、新たに文章にしたため、全く個人的な本として小冊子にまとめた。それは『失われた町からの声　福島　残る人・去った人』（みすず印刷所、二〇一三年）である。私も戴いたが、それには「Q ＆ A」の形で放射線、原発に対するさまざまな応答が六八項に亘って書かれている。彼女があちらこちらで講演する度の多くの人たちとのやり取りから生まれたものである。その本文を挟む「序章」と「終章」には彼女の福島に対する尽きせぬ愛着の想いが感動的に綴られている。もともと文学愛好の人だからその文章は柔らかく、美しくもあって素晴らしい。彼女はこの多くの写真の入った六〇余ページの本を、自費で出版し無料で現地の人々を始め、諏訪の母校などにも配布したと言っていた。

やがて、この冊子が長野県の教育関係者の目にとまり、彼らの要請もあって、彼女は更にこの本を発展させて、故郷の諏訪の九つの県立高校（注二）の生徒との質疑応答を加え、新たに『放射線と原発と私たちの暮らし　福島原発事故―失われた町からの声』を書いた。この本では「Q ＆ A」の項目が一〇六項目に増えている。それを信濃毎日新聞社から二〇一五年九月に出版した。この本には、写真家との協力で福島事故から四年経った今も現地で苦しんでいる人のいろいろな写真が載っている。

彼女は、この本を、福島の学校、長野県の学校に配布すると言う。こういう彼女の本気でひたむきな気持ちに、私はいいようのない感情を持った。そして自分が特に彼女のように福島に対しては何もしていない事に、縁故がないとはいえ、何だか恥ずかしさを覚えた。

昨年八〇歳になって、彼女は電話で、「もう伊豆の一人住まいから転居することに決めました」というので、「娘さん達の居る東京へ来るのですか」と聞いたところ「いいえ、私はいわきに住もうと思っています。福島の人たちと生きたいのです。そちらに新しい家を持つつもりです」という言葉が返って来た。私は絶句した。なんという人だろう、私は「もう名越さんは傘寿を越えたのですよ。娘さんと同居、または近くに住んだほうが安心でいいと思います」と言ったのだが、「娘たちはそれぞれ忙しいし、面倒はかけたくない。私は一人のほうが気楽です」などと言っていた。最終的にどうされるか解らない。私は今もたとえ娘さんと別であっても東京に住むことを強く勧めている。

また、彼女は、本の共著者であり、八九歳の元大学教授が、近所で奥さんを亡くしていて独り暮らしであり、自身も車椅子なので、彼の食事を今迄七年間、毎週二回ほどボランティアの積りで作ってあげてきたという。その人が最近自宅で大出血をして、彼女は救急車を呼び、伊豆長岡の病院についていってあげた、という話を聞いた。

彼女は今はもう八一歳になっているが、今年は本を配布した学校からの講演希望に応じること、また、現在は新しい仕事として英語の原子核物理の一般向け解説書の翻訳に忙しい毎日を送っているようだ。

私にとっては、長年この上もなくたおやかな、楽しいお姉さんという存在であったのだが、どこまで頑張るのか、どんな凄い女性になっていくのか、と今では彼女に対して人間としてのなにか深い、畏れ多い気持ちを持ってきている。

注一、　普通の原子核は陽子と中性子でできていて、これらはアプクォークとダウンクォークでできているが、これにラムダ粒子などストレンジクォークを含む粒子が一つ入れ替わった原子核を加速器の二次中間子ビームによる反応などで作ることができる。このような原子核をハイパー核といい、非常に短寿命である。また、そのような粒子が二つ入る原子核をダブルハイパー原子核という。

彼女の仕事は、このハイパー核ができる反応をエマルジョンで測定する実験、およびその結果を解析するという原子核研究である。

注二、それらは、富士見高校、茅野高校、諏訪清陵高校、諏訪二葉高校、諏訪実業高校、下諏訪向陽高校、岡谷東高校、岡谷南高校、岡谷工業高校である。

あとがき

年を取って来ると、人間、他人の迷惑にならないことが条件であるが、欲望の赴くままに生きる、したいことをするのが一番良いというのは、真実であろう。それができる境遇になっているかどうかは人によりさまざまで、経済状態、家族の状況によっても、大いに支配される。これは時間的にも変動する。高齢化社会になって、我々の年代だと、親の介護で息が抜けない人もいるし、昨年、淋しくなったけれど漸く楽になりました、というように悲喜こもごもといった会話を交わすことも増えて来た。

こういうことはその年になってみないと本当の気持ちは解らない。私は父母ともに亡くなって四半世紀以上経っているので、現在高齢者介護の立場にはないが、父が、亡くなる前はかなりボケていて入院中、夜の見回り看護婦を怒鳴り散らし彼女たちの手に負えないので病院から頼まれて、父と同じ室内に数日間夜だけ次弟と交代で寝泊まりしたこともあった。個室ではなかったから簡易布団を椅子に敷き、周囲に随分気を使って「ここはどこだ！」と大声を出す父を抑えたりして暗闇の中でつらかった。父は最後は自宅で亡くなったが、次弟も七年前に亡くなった。

今は四人の子供もそれぞれ所帯をもって離れているから、夫婦二人になってもう六年になった。かなり自由な境涯ではある。

いろいろ本を読んでいると、老年になって何をするか、人さまざまである。一時期前であるが、富裕な財界人などは、自宅に茶室を持って茶人になって悠々自適の生活をしたという人たちがかなりいる。三井の創業者、益田孝（鈍翁）、電力王の松永安左エ門（耳庵）、王子製紙の藤原銀次郎（暁雲）、といった人たちである。

私は勿論そんな境遇ではないが、お茶を嗜む人はいるようで、今でも特に女性には会の催しに参加する人が何人もいる。あの静謐な雰囲気が好きなのであろう。盆栽とか、庭園作り、植物の栽培などに余念のない人もいる。

また、クラシック音楽に趣味があり、ピアノ、バイオリン、チェロなどを地域のオーケストラで演奏したり、合唱団に入っている人もいる。

私はそういう技術も、趣味もないので、ただ読書と執筆、あとは健康に注意して、生きていくのみである。それでひたすら人生を楽しんでいる。


この本も、今までと同じように、丸善プラネット社に原稿を渡す前に、全文に亘って妻園子が読み通し種々の表現の修正その他を行ったことを書き添える。

最後に、丸善プラネット社は、前著と同じく、製本全般にわたっては戸辺幸美様、校正に森田亨様があたられた。特に森田様は綿密な検討をされて、文章の改善に大きな役割をして戴いた。ここに深く感謝致します。

二〇一六年八月　　　　曽　我　文　宣

訂正

前著『坂道を登るが如く』の中で「ノーベル賞と世界の格差」の題で意見を述べましたが、文中、四一ページ、「日本でも平常時は警官は警棒だけだと思うが」というのは誤りで、父上が警察官であった方から現在はコンパクトな拳銃を常時携帯している、との指摘を受けました。

調べて見ると、警察法施行令第九条で携帯するものとして、警察手帳、警棒などと共に拳銃は含まれています。また、第一三条で、その使用の仕方、条件なども規定されています。ここに、御指摘に対し、お礼を申しあげるとともに、認識を改めました。

著者略歴

曽我文宣　（そが　ふみのり）

1942年生まれ。1964年東京大学工学部原子力工学科卒、大学院を経て東京大学原子核研究所入所、専門は原子核物理学の実験的研究および加速器物理工学研究。理学博士。アメリカ・インディアナ大学に３年、フランス・サクレー研究所に２年間、それぞれ客員研究員として滞在。

1990年科学技術庁放射線医学総合研究所に移る。主として重粒子がん治療装置の建設、運用に携わる。同研究所での分野は医学物理学および放射線生物物理学。1995年同所企画室長、1998年医用重粒子物理工学部長、この間、数年間にわたり千葉大学大学院客員教授、東京大学大学院併任教授。2002年定年退職。

以後、医用原子力技術研究振興財団主席研究員および調査参与、（株）粒子線医療支援機構役員、NPO 法人国際総合研究機構副理事長などとして働く。現在は、日中科学技術交流協会理事。

【著　書】

『自然科学の鑑賞―好奇心に駆られた研究者の知的探索』2005年
『志気―人生・社会に向かう思索の読書を辿る』2008年
『折々の断章―物理学研究者の、人生を綴るエッセイ』2010年
『思いつくままに―物理学研究者の、見聞と思索のエッセイ』2011年
『悠憂の日々―物理学研究者の、社会と生活に対するエッセイ』2013年
『いつまでも青春―物理学研究者の、探索と熟考のエッセイ』2014年
『気力のつづく限り―物理学研究者の、読書と沈思黙考のエッセイ』2015年
『坂道を登るが如く―物理学研究者の、人々の偉大さにうたれる日々を綴るエッセイ』2015年
（以上、すべて丸善プラネット）

心を燃やす時と眺める時
――物理学研究者の、執念と恬淡の日々を記したエッセイ

二〇一六年九月二十日　初版発行

著作者　曽我　文宣

発行所　丸善プラネット株式会社
〒一〇一-〇〇五一
東京都千代田区神田神保町二-一七
電話（〇三）三五一二-八五一六
http://planet.maruzen.co.jp/

発売所　丸善出版株式会社
〒一〇一-〇〇五一
東京都千代田区神田神保町二-一七
電話（〇三）三五一二-三二五六
http://pub.maruzen.co.jp/

印刷・製本／富士美術印刷株式会社
ISBN 978-4-86345-303-6 C0095
JASRAC 出 1609324-601